光文社文庫

ヨコハマ B-side

加藤実秋

KOBUNSHA

目次

女王様、どうよ？

1

「あ〜もう、ぜんっぜんだめ」

チハルは声を上げた。山田《やまだ》がポケットティッシュを配る手を止め、怯《おび》えたような顔で振り返る。

「ティッシュを差し出すタイミングが早すぎるから、逃げられるの。さっき注意したばっかじゃん」

「それはわかってるんですけど。なかなかこつがつかめなくて」

しどろもどろに言い、山田は中指でメガネのブリッジを押し上げた。それを見て、チハルはセミロングの髪と同じ明るい茶のアイブロウで描いた細い眉をひそめた。彼の癖らしいのだが、見ていると無性にいらつく。

今朝。チハルがバイトの派遣会社に顔を出すと、社長に新入りに仕事を教えてやって欲しいと頼まれた。それが山田だ。地元の国立大学の三年生らしいが、オヤジみたいな銀縁メガネをかけ、今時珍しい黒髪は寝癖だらけ。おまけに毛量が多いので、頭が異様にでかく見える。背は高いが、身につけているのは不気味な配色のチェックのシャツに着古したダッフルコート。太さも色もはんぱなジーンズ。戦闘ロボットアニメのロボットの足のような、ごついハイカットスニーカーだ。

こんなモテない男の見本みたいなやつと組むのは嫌だったのだが、社長命令では逆らえない。仕方なく仕事を始めたものの、山田の使えなさ加減は想像を超えていた。

「やって見せるけど、これが最後だからね。ちゃんと覚えなさいよ」

山田の手から、ポケットティッシュが詰まったプラスチックの籠《かご》を引ったくった。ティッシュの台紙には、消費者金融の広告が印刷されている。くるりと体の向きを変え、チハルは人波と向かい合った。

横浜駅西口繁華街。八階建てのファッションビル・ビブレの前に幅の広い川が流れ、そこにかかる正方形の大きな橋がそのまま広場として使われている。通称・ビブレ前広場。平日は学生とビジネスマン、休日はカップルと親子連れ。顔ぶれは違うが、人通りは一日中絶えない。

ターゲットはすぐに見つかった。五メートルほど前方。スーツの上にフィールドジャケットを着た若い男だ。

「こんにちは〜。ファーイーストファイナンスです」

満面の笑みで声をかけ、前を通り過ぎる寸前まで待つ。

「宜しくお願いしま～す」

そう続けて、胸の前にティッシュを差し出した。反射的に男が手を上げる。そこにすかさずティッシュを押し込めば、一丁上がりだ。

「ありがとうございま～す」

男を送り出しながら、視線は次のターゲットを窺《うかが》う。白いロングコートを着た、ややケバめのＯＬだ。右手はルイ・ヴィトンのモノグラムのボストン、左手はグッチの紙袋で塞がっている。チハルは籠からティッシュを一つ取った。

「こんにちは。宜しくお願いしま～す」

通り過ぎざま、今度は胸ではなく右手の前にティッシュを差し出す。これも反射的に開いた数本の指の間に、素早くティッシュを挟み込む。以下、同じような要領であっという間に二十個ほどのティッシュを配った。

「お見事。さすがですね」

ぱちぱちと能天気に拍手しながら、山田が近づいてきた。半日近く一緒にいても、彼の敬語は崩れない。しかし、さっき通行人が連れていたトイプードルが脚にぶつかった時も、当たり前のように「あ、すみません」と頭を下げていたので、そういう主義なのだろう。対してチハルは、どんなにビッグな相手でもタメ口を通す。

「とにかく一人に渡しちゃうのよ。そしたらリズムみたいのができて、後の人も受け取ってくれるから」

「なるほど。でも、本当にすごいなあ。チハルさんはティッシュ配りの天才ですね」

「それ褒めてるつもり？　それとも、バカにしてんの？」

「もちろん褒めてますよ。すごい才能じゃないですか。尊敬します」

山田は真顔で訴えたが、チハルは鼻を鳴らした。ローライズのスキニージーンズの腰に巻きつけたバッグから、煙草を出してくわえる。

高校を卒業して二年、バイトを転々としてきた。もともと飽きっぽく、こらえ性のない性格だが、それ以上に自分にはもっとふさわしい職場、開花すべき才能があると思っていた。しかし、ようやく見つけたそれらしきものは、消費者金融のティッシュやパチンコ屋のチラシ、生理用ナプキンの試供品を配ることだった。歌とか小説とか大きいことは言わないけど、せめてもうちょっと見栄えのいいものでもよかったんじゃないの。どうよ神様？　それが本音だ。とはいえ、割りよく金を稼ぐにはこれが一番だ。なので派遣会社に登録し、ここ半年は同じバイトばかりしている。配るものは様々だが、仕事場はほとんどここ。ビブレ前広場だ。

「あんた、地元どこ？」

「どこって、ここですけど」

「ここって横浜？　横浜のどこよ。いつから住んでるの？」

「山下《やました》公園の近くです。先祖代々ずっと」

「よりによって山下町!?　しかも代々？　やだもう。ありえない。勘弁してよ」

騒ぐチハルを、山田はティッシュを手にぽかんと眺めている。

チハルは生まれも育ちも埼玉だ。今も実家住まいだが、片道二時間近くかけて横浜まで通勤している。ダサい地元で働くのは論外だし、東京もありきたり。そこで横浜というチョイスだ。エキゾチックで洗練され、歴史や文化の香りもある。始めのうちはその手の「おしゃれ港町・横浜」ムードが色濃い元町《もとまち》やみなとみらいなどで、食品メーカーの試供品や飲食店の割引券を配る仕事をしていた。しかし服装やら態度やらにうるさい上に、観光客相手の仕事は効率が悪く、金にならない。そこで馬車道《ばしゃみち》、関内《かんない》と観光エリアからビジネス、盛り場エリアへと流れた。気がつけば、職場は足下のドブ川から磯の香りが漂い、カモメの姿が見られる以外は日本中どこにでもある、ありふれて猥雑《わいざつ》な繁華街の広場になっていた。それでも、海すらない場所で生まれ育った田舎者の性《さが》で「おしゃれ港町・横浜」に対する憧憬は強い。とくに金やコネがあっても、後からでは絶対に手に入らないハマっ子＝生まれも育ちも横浜、の出自を持つ人間には畏敬の念すら抱いてきた。

「いやでも、横浜とか山下町とかいってもイメージだけですよ。実際に暮らしてみると騒々しいし、物騒だし。店は多いけど観光客向けのものばかりで、生活には不便だし」

淡々と説き、山田は前髪をかき上げて濁った川面に目を向けた。その仕草が妙にこなれて余裕綽々《しゃくしゃく》に感じられ、チハルはますます不機嫌になった。

「何よそれ。多分その通りなんだろうけど、ムカつく。言ってるのが山田ってところが、なおムカつく」

煙草をふかしながら、ぶつぶつと呪詛《じゅそ》の言葉を吐く。

「ウゼえな。そんな女、知らねえって言ってんだろ!」

背後で尖った声が上がる。続けて、どさりと重たい音が響いた。振り向くと広場の隅、橋のフェンスの前に男が倒れ、周囲を数人の若い男が取り囲んでいる。足下には大きな段ボール箱が二つ転がり、モザイクタイルの地面に大量のポケットティッシュが散乱していた。チハルたちが置いた補充用のティッシュだ。

「サイテ~!」

抗議を込めて叫び、駆け寄った。慌てて山田も続く。殺気立った視線を向けてきた男たちも相手が誰かわかると、ばつの悪そうな顔になった。彼らはこの広場にたむろする中学生のグループで、チハルとも顔見知りだ。

「何すんのよ。これ全部配らないと、バイト代どころか交通費も出ないんだからね。汚れたり破れたりしたら、あんたらが引き取ってくれんの?」

素早くティッシュを拾い集め、チェックして箱に戻す。山田もおたおたと手伝いはじめた。

一日一人千個、段ボール二箱分がティッシュ配りのノルマだ。日給八千円でタイムリミットは八時間だが、チハルは三時間ちょっとで二箱とも空にする。

「だって、このオヤジしつこいんだもんよ」

中学生の一人が口をとがらせた。太いジーンズを腰で穿き、スタジアムジャンパーの襟を派手に後ろに抜いて着ている。オヤジ呼ばわりされた男は地面に尻もちをついたまま、呆然とチハルたちのやり取りを眺めている。小柄で痩せ形、オヤジといっても若い方だが髪はぼさぼさ。頬のこけた青白い顔には、無精ヒゲが生えていた。着ているスーツも、よれよれで皺だらけ。はだけたワイシャツの襟元は垢《あか》で薄汚れている。ムサいとかきしょいとかいうレベルではなく、一歩間違えればホームレスだ。

「なんでもいいけど、ここで騒ぎを起こすのはやめてよね。通行人がいなくなったら仕事になんないんだから。そしたらうちらだけじゃなく、あっちのお兄さんたちも黙ってないよ」

チハルは親指で広場の出入口を指した。そこにはロン毛に焼けた肌、ブラックスーツのホストファッションの男たちがたむろしている。キャッチセールスのセールスマンだ。若い女に声をかけ、爽やかな笑顔と邪悪な目つきで、エステサロンのチケットや高級美顔器などを売りつける。

「わかったよ。でも、因縁つけてきたのはこいつだぜ。おっさん。今度このへんをうろついてるの見かけたら、ぶっ殺すからな」

子どもっぽい口調で捨て台詞《ぜりふ》を吐き、中学生は仲間を連れて立ち去った。まだぼんやり座り込んだままの男に、山田が歩み寄った。

「ケガはないみたいだけど、大丈夫ですか?」

「この人を知らないか?」

男は腕を伸ばし、足下に落ちていた紙を拾い上げた。写真のようだ。中指でメガネのブリッジを押し上げ、山田がそれを覗く。

「見たことないですねえ。チハルさんはどうですか?」

「何よ」

ティッシュの回収作業の手を止め、振り返った。

女が桜木町《さくらぎちょう》の赤レンガ倉庫をバックに、微笑《ほほえ》んでいる。チハルと同年代だが、すごい美人だ。そして清楚。黒髪のストレートロングに、水色のツインニットを合わせている。アクセサリーはパールの小さなイヤリングだけで、メイクもごくナチュラル。チハルのように、つけ睫毛《まつげ》の上からマスカラを重ね塗りしたりはしていない。

「知らない」

ぶっきらぼうに返し、作業を再開する。ふいに男が立ち上がった。

「いつもここでティッシュ配りをしてるのか? だったら、見かけたことがあるんじゃないか?」

「しつこいわね、知らないってば。通行人の顔なんか、いちいち覚えてらんないわよ」

「もう一度ちゃんと見ろ。絶対思い出すはずだ」

男がチハルの肩に手を伸ばしてきた。生気の感じられない顔の中で、小さな目だけが何かに憑かれたように光を放っている。

男の手を振り払い、チハルは立ち上がった。

「何すんのよ、変態！　そんな女見たことないって言ってるじゃん。さっさとどっかに行ってよ。じゃないと、このドブ川に放り込むわよ」

「チハルさん、落ち着いて。あなたもですよ。始めからちゃんと聞かせて下さい。何か深い事情があるんでしょう？」

山田が割り込んできた。さっきまでとは別人のような、落ち着きと思いやりに満ちた口調だ。心なしか銀縁メガネの奥の目が輝いている。男は俯《うつむ》き、顔を背けた。

「とりあえず場所を変えましょう」

言うが早いか、山田は段ボール箱の一つを抱え上げて歩きだした。

「ちょっと、どこに行くのよ。バイトはどうすんの。その箱を返して」

チハルは騒いだが、二人はどんどん歩いて行く。仕方なく集めたティッシュを押し込み、箱を抱えて後に続いた。

三人で、商店街の入口にあるドーナツショップに入った。

その後聞き出した話によると、男は浜島《はまじま》といい四十五歳、独身。常々幸せな結婚を願ってきたが良縁に恵まれず、三カ月ほど前に街の結婚相談所『トゥワイス』に入会した。間もなく紹介されたのが写真の美女・沙織《さおり》で、会った途端に一目惚れ。幸い沙織の方も浜島を気に入ってくれたため、デートを重ね愛を育《はぐく》んだ。ところがひと月後、満を持してプロポーズすると、なぜか沙織は「私は浜島さんにふさわしい女じゃない」とこれを拒否。その直後から電話やメールも通じなくなり、自宅アパートも引き払って忽然と姿を消した。慌ててトゥワイスに連絡するも、こちらも退会したあとで手がかりは完全に途絶えた。それでもあきらめきれない浜島は、「別の女性を紹介する」というトゥワイスの申し出を断り、沙織を捜し始める。しかし手がかりは得られず、捜索に没頭するあまり仕事でミスを犯し、勤めていた会社をリストラされてしまった。沙織へのプレゼントやデートで使い果たして、貯金もゼロ。今は失業保険で細々と食いつないでいるらしい。

「なるほど。それは大変でしたね」

話を聞き終えると山田は言った。コーヒーカップを両手で包み、わざとらしく眉を寄せている。浜島は顔を背け、俯いたままだ。

「でも、なぜあの広場で沙織さんを捜してたんですか?」

「よくあそこで待ち合わせをしたんだ。彼女の勤め先が、近くにあるらしい。手がかりが見つかるかと思って」

「なんていう会社ですか？　場所は？」

「親戚の会社を手伝ってると言ってたが、あまり仕事を気に入ってないみたいで詳しいことは話してくれなかった。トゥワイスにデータは残ってるだろうが、守秘義務があるとかで教えてくれない」

「そうでしたか」

「何がなんでも捜し出して、俺と結婚できない本当の理由を訊きたいんだ。このままじゃ納得できない。あんなに上手《うま》くいってたのに」

絞りだすように言い、浜島はテーブルに乗せた拳を握りしめた。

「胡散臭《うさんくさ》い」

チハルは言った。浜島が話している間、ずっと煙草をふかし、コーヒーを飲んでいた。山田が訊ねる。

「胡散臭い？　どこがですか？」

「何もかもよ。だって、あんなに若くてきれいな子が、おっさんみたいにショボいオヤジを選ぶはずないじゃん。一つもおいしいことないもん。姿を消した理由以前に、この結婚話自体あり得ないんだって。あんた、地元どこ？　横浜じゃないよね。どうせどっかの山奥の村でしょ。いかにもそんな感じ」

「チハルさん、失礼ですよ。生まれる場所は選べないんですから」

「わかってるわよ。だからムカつくんじゃん。なんであんたみたいのがハマっ子を名乗れて、あたしが埼玉なのよ」

「チハルさん、埼玉の人なんですか。いいじゃないですか、彩の国さいたま」

「そのフレーズ、今度言ったらただじゃおかないわよ。誰が考えたんだか知らないけど、ムカつくの通り越して殺意すら感じてるんだから」

「じゃあ埼玉の玉を取って、『タマっ子』とかどうですか」

調子よく提案した山田の顔に、チハルは煙草のけむりを吹きかけた。

「クソガキ」

振り向くと、浜島が上目遣いに睨んでいる。

「お前らはいつもそうだ。見た目やわかりやすいスペックだけで人を判断して、値札をつける。人間が浅くて薄っぺらい証拠だ」

「じゃあおっさんには、見た目とスペック以外に何があるのよ」

「いろいろだよ、いろいろ。俺は複雑な男なんだ」

「たとえば何よ」

「たとえば……そう、仕事だよ。これでもリストラされる前はバリバリやってたんだ」

「だったらなんで一度のミスくらいで放り出されんのよ。ミスは単なる口実で、会社は前からあんたの首を切りたくてウズウズしてたんじゃないの?」

「だ、黙れ！　チャラチャラ生きてるガキに、何がわかるって言うんだ」

「チャラチャラ生きてるからこそ、わかるんじゃん。あたしはあの広場に立って、毎日何百って人間を見てんの。黒革のビジネスシューズに白いスポーツソックスを合わせるようなやつが、出世なんかできるはずない」

言い放ち、チハルは浜島の足下を指さした。対抗するように、浜島が立ち上がる。

「二人とも落ち着いて」

再び山田が割って入る。しかし浜島はぱくぱくと口を動かすだけで、言葉が出てこない。見守っていると再び椅子に座り、テーブルに突っ伏した。間もなく肩が小刻みに震え、嗚咽が漏れ始めた。

呆れ顔で、山田が振り向いた。

「泣かしてどうするんですか」

「現実を教えて、目を醒まさせてやったのよ。これであきらめもつくでしょ」

平然と返し、チハルはバッグから手鏡を出してメイクの崩れをチェックした。周囲の視線を気にしながら、山田は浜島の耳元に囁いた。

「元気を出して下さい。チハルさんの言うことなんて、気にしないで。きっと沙織さんは見つかりますよ。僕にできることがあったら、言って下さい。なんでもしますから」

「本当か？」

体を起こし、浜島は涙と鼻水でぐちゃぐちゃになった顔を山田に向けた。

「も、もちろんです」

「沙織さんを捜すのを手伝ってくれるのか？」

「そりゃもう。三人で協力して見つけましょう」

「ちょっと待った。その三人って、まさかあたしは入ってないでしょうね？」

顔を上げ、チハルが突っ込む。

「頼みますよ。チハルさんはこの街に詳しいし、知り合いも多いでしょ」

「あんたこそ、ハマっ子なんでしょ。代々山下町住まいなんでしょ」

「そうですけど。でも意外とネットワークないんですよ。地元の噂とかニュースとか、興味ないし」

「がっついた田舎者で悪かったわね」

「そんなこと言わないで。お願いしますよ。袖振り合うも多生《たしょう》の縁って言うじゃないですか」

「はあ？　振袖がどうしたって？　もう一度成人式やれっての？　とにかくお断り。そんな一銭にもならない話には、死んだって乗らないからね」

「金ならやる」

浜島が言った。山田が渡したファーイーストファイナンスのティッシュで、涙と鼻水を拭っている。

「なに言ってんのよ。無職で貯金もないくせに」

「失業保険から払う。ひと月分約三十万円だ。全部やる」

「三十万⁉」

チハルと山田が同時に叫んだ。ティッシュ配りのバイト代三十八回分だ。

「マジで？」

チハルが身を乗り出し、浜島は力強く頷《うなず》いた。

「マジだ」

2

翌日から、山田を助手にして沙織捜しを始めた。

浜島から話を訊き、二人がデートをした場所や沙織の話に出てきたというカフェやレストラン、ブティックなどを回り、友人を装って情報を集めた。めぼしい情報は得られなかったので、ビブレ前広場の若者たちから話を聞いた。

広場にはヤンキー少年のグループや、キャッチセールスの男たち以外にも大勢の若者がいる。ナンパ目的の男やストリートダンサー、ミュージシャン、お笑い芸人の卵、風俗やＡＶ

のスカウトマン、怪しげなアンケートを集めるケバい女たちなどなど。みんなティッシュ配りのバイト中に顔見知りになった。しかし、ここにも沙織を知る人間はいなかった。

「ありえない。マジ勘弁」

うんざりして、チハルは川沿いのフェンスの前に座り込んだ。

「誰も沙織のことなんて知らないじゃん。写真一枚で捜そうっていうのが間違いなんだって」

「でも、おかしいですよね」

山田も隣に座る。今日も二人で街を歩き回ったが、手がかりは得られなかった。冬の柔らかな日差しが、濁った川面を照らしている。

「何が？」

「聞き込みをした店員さんの中に、沙織さんを知っている人がいなかったって点です。だって、どの店も彼女のお気に入りだったんでしょう。しかも、あれだけの美人だ。一人ぐらい覚えていてもいいはずですよ」

山田は首を傾げ、チハルも煙草をふかしながら頷いた。

「言えてる。ちょっと変よね。それにあたしは、ハマジに沙織を紹介したトゥワイスって結婚相談所が引っかかる」

ハマジとは浜島のことだ。「目上の人をおっさん呼ばわりするのはよくない」と山田に注意されたので、代わりにそう呼ぶことにした。それでもぶつくさ言うので、「あんたにもっと変なあだ名つけるよ？」と脅したら、さすがの山田も沈黙した。

「そういえばチハルさん、広場のお友達にトゥワイスのことも訊いてましたよね」

「集まったのは、一年くらい前に関内で営業を始めたとか、新横浜の結婚式場と提携して挙式や披露宴のプロデュースもやってるとか、ハマジから聞いたのと同じネタばっかりだけどね。でも、一つだけ気になることがある」

「何ですか？」

「街の二十歳《はたち》以上の独身男女に、片っ端から何度も入会を勧めるダイレクトメールを送ってるらしいの。大企業でもないのに派手な宣伝をする会社って、裏でろくなことやってないんだよ。消費者金融とかエステとかさ。さんざんその手の会社のティッシュを配ってきたから、わかるの」

「なるほど。沙織さんの素顔にトゥワイスの正体……この事件、結構奥が深そうですね」

「だからさ、ハマジにはここまでの調査料をもらって、後は警察に任せてバックレよう」

「浜島さんが何度相談に行っても、取り合ってくれなかったって話してたじゃないですか。証拠と事件性、この二つがないと警察は動いてくれませんよ」

チハルは不満げに鼻を鳴らし、煙草を地面に押しつけた。

「何でもいいけど、疲れた。もう帰ろうかな」

「あ、電車がなくなっちゃいます？　チハルさん、南武線《なんぶ》ですよね」

「そんな訳ないでしょ。南武線をバカにすると承知しないよ。沿線にＩＴ関係の企業が多くて、最近じゃハイテクラインなんて呼ばれてるんだから」

「聞いたことないなあ。僕の周りでは、競馬場とか競輪場が多いからギャンブル線とは言われてたけど。とにかく何か食べませんか。お腹が空いたでしょう」

「じゃあ、あそこがいい」

チハルは返し、顎で広場の脇の道路を指した。この場所にはいつも弁当やホットドッグ、夏にはアイスクリームやかき氷などを売る屋台が店を出している。どれもワゴン車を改造したもので、ボディをカラフルに塗り、車内を改造して小さなキッチンやカウンターなどを設《しつら》えている。チハルは『ハワイアンバーガー＆サンドイッチ』の看板を掲げている青いワゴン車に歩み寄った。

「いらっしゃい。ちょっと待ってね」

カウンターの中から若い男が微笑みかけてきた。ランチタイムは過ぎているが、車の前には数人が並んでいた。

「でね、被害者がどんどん増えてるんだって」

「マジ？　でも何かうそ臭くね？」

前に並ぶ若いカップルの会話が耳に入った。揃いのニットキャップにジーンズ姿で、つないだ手を男のジャンパーのポケットに入れている。

「うそじゃないもん。先輩の彼氏の友だちも、襲われたって言ってたもん」

「だけど襲われる相手は歳とか仕事とかバラバラで、拉致《らち》られるだけで金を取られたり、ボコられたりもしてないんだろ。意味わかんねえし」

「そこがおもしろいんじゃん。首まで花に埋もれてるんだよ？　銅像の下で体育座りだよ？　おまけに手錠って」

顎を上げて白い喉見せ、女が笑った。

手錠？　何それ。好奇心にかられ、チハルが耳をそばだてた時、カウンターから男が顔を出した。

「コーヒー二つとフライドポテトのL一つ。おまちどおさま」

金を払い、二人は歩き去った。その背中を名残惜しそうに見送るチハルに、男が声をかける。

「チハルちゃん、お待たせ。何にする？」

「えっとぉ、どうしよっかな」

別人のように甘ったれた声になって小首を傾げ、車体に取りつけられた黒板のメニューを眺めた。傍らには、店が雑誌に取材された時の記事や、常連客らしい若者を撮影したポラロイド写真を貼りつけた大きなコルクボードも置かれている。その中には、片手にハンバーガーを持ち、もう片方の手でピースサインを突き出すチハルの写真もあった。

「今日のお薦めは、アボカドチキンサンド。サービスでオニオンリングフライをつけるよ」

チェックのシャツにジーンズ。着ているものは山田と同じだが、センスと着こなしに雲泥の差がある。毛先の跳ねた髪型も山田のような寝癖ではなく、ヘアワックスでスタイリングされたものだ。

「じゃあ、それにする。あとホットカフェラテも。あれ、今日は一人だけ？　奥さんはどうしたの」

いつもは明るく元気のいい若い女と二人で切り盛りしているのだが、姿が見えない。苦笑し、男は答えた。

「材料が切れちゃってね。いま買い出しに行ってる。ていうか、奥さんじゃないんだけどね」

「すみません、僕にも同じものを」

「あれ、チハルちゃんの彼氏？」

チハルと山田の顔を交互に見て、男は訊ねた。

「冗談でしょ！　ありえない。そんな訳ないじゃん。ただのバイトの後輩、てか見習いだよ」

目眩《めまい》がするほど首を横に振り、早口で捲《まく》し立《た》てながら、ああだめだと思った。こういう場合、否定すればするほど墓穴《ぼけつ》を掘ることになる。「ラブラブです」と宣言しているようなものだ。この屋台でハンバーガーを買い、お兄さんと言葉を交わすことが秘かな楽しみだったのに。しかも、よりによってこんなダサ男が相手だと思われるなんて。

打ちひしがれるチハルをよそに山田は沙織の写真を取り出し、男に見せた。

「この人を知りませんか？」

「見たことないなあ」

「では、関内にあるトゥワイスという結婚相談所はご存じですか？」

「ああ。その会社でバイトをしてる子を知ってるよ」

「マジ⁉」

声を上げたのはチハルだ。

「うん。常連さんの一人で、前はこの先の百円ショップでバイトしてたんだけど、辞めてその会社で働き始めたんだって」

「どんな子？」

男は身を乗り出し、コルクボードに貼られたポラロイド写真の一枚を指した。

「この子だよ。名前は、確か美穂《みほ》ちゃん」

チハルと山田はコルクボードに歩み寄り、食い入るように写真を見た。二十代半ばの女がサンドイッチとプラダの財布を手に、上目遣いに微笑んでいる。色白でやや太め、たっぷりシャギーを入れたサイドの髪は、大きめの顔をカバーするためだろう。

「この人から会社とか仕事について、何か聞いていますか？」

「いや、詳しいことは何も」

「ねえ、この写真借りてもいい？　すぐに返すから」

「いいけど」

迫力に圧《お》され、男が頷く。

「そんなものを借りて、どうするつもりですか？」

「山田、やっとあんたが役に立つ時がきたわよ」

チハルは言い、にんまりと笑った。


サンドイッチを食べながら山田に段取りを説明し、夕方になるのを待って関内に向かった。

トゥワイスは、オフィスビルが建ち並ぶ大通りから一本裏に入った雑居ビルに入っていた。見上げると、ガラス窓にしゃれたレタリング文字で『TWICE』と書かれている。チハルたちは通りの向かいに停まった車の陰に隠れ、ビルを出入りする人を見張った。

三十分後。ビルから若い女が三人出てきた。揃ってセミロングの茶髪に白や黒のハーフコート、ロングブーツ。折った肘の内側に、ブランドもののバッグをぶら下げるというスタイルだ。

「左端」

チハルが囁き、山田も頷いた。マシュマロのような肌と細い目、顔の輪郭を覆うシャギーの茶髪。写真と同じだ。

三人はぺちゃくちゃと喋りながら駅に向かい、チハルと山田は二十メートルほど間隔を空けて後をつけた。しばらく歩き、美穂という女は地下鉄の駅の出入口で他の二人と別れた。通りは広く街灯も明るいが、通行人は途切れ周囲に人影はない。

「山田、チャンスよ。ちゃんと打ち合わせ通りにやんなさいよね」

「本当にあんなことをやるんですか？　いやだなあ。他の手を考えましょうよ」

「今さらなに言ってんのよ。あたしがやれって言ったらやるの！」

言うが早いか、力任せに山田の背中を突き飛ばした。喉の奥から情けない声を漏らし、山田が美穂の背後に押し出される。驚いて振り返った美穂に、うわずった声をかけた。

「かっ、彼女、お茶しない？」

今時誰も使わない、カビの生えたナンパの台詞。しかも棒読みだ。チハルは近くのビルの玄関に身を隠し、様子を窺う。

街灯の下で、美穂が山田の全身に視線を走らせた。黒々とした巨大な頭、銀縁メガネ。ダッフルコートの襟元から覗くのは、今日も気持ちの悪い配色のシャツだ。美穂は顔を背け、歩き始めた。

「結構です」

「そんなこと言わないでさ、つき合ってよ。ちょっとでいいから」

慌てて後を追った山田は、横走りしながら手をバタつかせて誘う。

「急いでるんです」

「固いこと言うなよ。いいだろ、ネエちゃん」

これまた凄まじい棒読みで言い、美穂の肩に手をかけた。緊張のあまり指が板のように硬直している。美穂はその手を振り払い、鋭い声を上げた。

「何すんのよ。放して！」

出番だ。チハルはビルから飛び出し、あらかじめ腰から外してあったバッグを山田の後頭部めがけて投げつけた。ごん。鈍い音がして山田が前のめりに倒れる。中には煙草とライター、メイク用品各種、ついでにiPodも入っている。

「大丈夫？」

うめき声を上げて転がっている山田を飛び越えて駆け寄ると、美穂はぽかんとして頷いた。チハルは素早くバッグを拾い、美穂の手をつかんだ。

「逃げるよ」

引きずられるように、美穂も走りだす。

そのまま数ブロック走り、「あいつが追って来るかも知れないから、しばらく隠れよう」

と言い含めて目についた喫茶店に入った。ここまでは筋書き通りだ。

落ち着くと一通りの自己紹介をした。美穂もフリーターで、三カ月ほど前からトゥワイスで雑用のバイトをしていると言う。チハルは、自分も近くの運送会社でバイトをしていると説明した。

「それにしてもさっきの男、めちゃめちゃきしょかったよね」

チハルの言葉に美穂は顔をしかめ、力強く頷いた。明るいところで見ると、肌の白さがさらに印象的だ。しかしやはり顔は大きめで、まぶたもメイク用ののりで二重にしているのが丸わかりだった。

「きしょすぎだよ〜。見た目もヤバいけど、あのナンパの台詞は今時ありえない」

「ホントホント。何億年前の台詞ですかって感じ。あんなので引っかかるのなんて、恐竜か北京原人ぐらいだよね〜」

「言えてる〜。超ウケる〜」

チハルの言葉に美穂は手を叩き、笑い転げた。ついてる。気さくでノリのいい子のようだ。

その後、洋服やメイク、芸能人の好き嫌い等のガールズトークで盛り上がり、打ち解けた頃を見計らって本題を切り出した。

「ねえねえ、結婚相談所ってぶっちゃけどう？　やっぱ裏でヤバいこととかやってんの？」

「と思うでしょ？　あたしも始めはそう思った。でも、全然そんなことないよ」

「マジで？　ホントのこと教えてよ。誰にも言わないからさ」

「マジだって。よそは知らないけど、うちは真面目な会社だよ。料金は良心的だし、会員もちゃんとした人ばっかりだもん。それに、うちの紹介で結婚したカップルがもう二十組くらいいるんだよ」

「二十組⁉」

チハルが声を上げると、美穂はストローでアイスコーヒーを吸い上げながら頷いた。

「うん。あたしも十組くらいのカップルに会ったよ。広告のチラシに出てもらったんだけど、その撮影を手伝ったの。みんなすごくお似合いで幸せそうだった。一緒に結婚式と披露宴の写真も載せるんで借りて見たけど、あたしも結婚したくなっちゃったくらい」

「式とか披露宴とかどんな感じ？　変わったところはなかった？」

「全員トゥワイスと提携してる結婚式場を使ったみたいだけど、普通だよ。チャペルで式挙げて、宴会場で披露宴やって。家族とか友達とかも大勢写ってたけど、みんなすごく楽しそうだったし。ねえ、何でそんなこと訊くの？」

訝《いぶか》しげな目を向けられ、チハルは慌てて首を横に振った。

「意味なんかないよ。訊いてみただけ。てか、超羨《うらや》ましいかも。あたしずっと彼氏いないんだもん。美穂ちゃん、誰か紹介してよ」

「そうなの？　じゃあさ、チハルちゃんも金曜日の合コンに来なよ。いい感じの男の子ばっかり集めたから」

「合コン？　いい感じ？」

「うん。伊勢佐木町《いせざきちょう》にある『ポートサイドプロ・タレントスクール』っていう学校の生徒で、みんな俳優とかミュージシャンの卵なの。あ、お金のことなら心配しなくていいから。助けてくれたお礼だよ」

「行く！　絶対行く！」

拳を握りしめて断言したあと、ふと疑問がよぎった。

「でも、何で美穂ちゃんはそんな子たちと合コンできるの？」

「よく知らないけど、うちの社員と生徒の誰かが知り合いみたい。しょっちゅう合コンとか、飲み会とかやってるよ」

「へえ。そうなんだ」

相づちを打ちながら、頭では「伊勢佐木町にあるポートサイドプロ・タレントスクール」という名前を繰り返し唱え、記憶中枢に刻み込んだ。

翌日。待ち合わせ場所に現れた山田は、いつもにも増して怪しかった。悪趣味な配色のシャツとくたびれたダッフルコートに加え、銀縁メガネの二枚のレンズが微妙に上下にずれている。

「何それ。ウケ狙い？　それとも山下町限定の流行り？　どっちにしろ寒すぎだから。すぐやめて」

「なんで僕がチハルさんのウケを狙わなきゃいけないんですか。これは、ゆうべ頭にバッグが当たって転んだ時に壊れたんです。打ち合わせじゃ、本気で投げないって言ってたのに」

メガネをはずし、先を歩くチハルの眼前に突き出した。ブリッジが折れ、セロハンテープで補修してある。貧乏臭いこと甚《はなは》だしい。

「人聞きの悪いこと言わないで。あんたがしょっちゅう触るから、いい加減ガタがきてたのよ」

中指でメガネを押し上げる仕草を真似ながら、チハルは山田の顔をちらりと眺めた。さえないあの子がメガネをはずしたら、あらびっくりの美形……などという少女マンガ的な展開は望むべくもなく、山田は山田だ。それでも睫毛だけは思ったより長く、カールの角度もいい感じだ。

「で、これから本当にそのポートサイドなんとかいう、タレントスクールに行くんですか？」

メガネをかけ直しながら、山田は言った。

「当然でしょ。入学希望者のふりして、見学を申し込んであるの。中を調べれば、トゥワイスの正体を暴く手がかりがきっと見つかるはずよ」

「正体って言っても、美穂さんの話を聞く限り、トゥワイスはごくまっとうで良心的な結婚相談所みたいじゃないですか。結婚まで漕ぎ着けたカップルも大勢いるみたいだし」

「そこが胡散臭いんじゃん。だって、開業してたった一年だよ？　二十組なんてありえないって」

「でも、美穂さんは本人たちに会ってるんでしょう？　結婚式や披露宴の写真も見たって話だし」

「全部やらせだったら？」

「一組や二組ならともかく、十組ですよ？　それぞれに親族や友達も用意しなきゃならないし、お金と手間がかかりすぎます。何よりチハルさん。美穂さんがうそをついてるようには見えなかったって、言ってたじゃないですか」

「そうだけど」

チハルが口ごもると、山田は勝ち誇ったような顔で歪んだメガネを押し上げた。

「じゃあ、他に何ができるのよ。沙織に関係してそうな手がかりなんて、何もないじゃない。だったら片っ端から調べるしかないでしょ」

「そうですけど」

今度は山田が口ごもったところで目的地に到着した。地下鉄伊勢佐木長者町《いせざきちょうじゃまち》駅にほど近い雑居ビル。ポートサイドプロ・タレントスクールは、この一フロアに入っている。

受付で声をかけると、若い男が出てきた。ワインレッドのワイシャツに黒いネクタイ、オールバックの髪に日焼けでテカる肌。事務員兼広報係らしいが、ビデオ映画に出てくるチンピラのようだ。

「二人は、どのコース志望なんだっけ？」

前を歩く男は、振り向いて訊ねた。広い廊下が延び、両脇にレッスンルームらしき部屋が並んでいる。ドアの窓から覗くと、Tシャツにナイロンパンツ姿の若者が数名、台本らしきものを読んだり、ダンスをしているのが見えた。

「え〜っと」

答えに窮し、チハルはもらったパンフレットに視線を走らせた。俳優コース、歌手コース、お笑いコースがあるらしい。「俳優」と答えかけて、隣の山田が目に入った。寝癖は一段と激しく、後頭部の髪が爆発している。

「お笑いコース。夫婦《めおと》漫才とか、やってみたいかなって」

「ふうん。若いのに珍しいね」

じろじろと、男がチハルたちを眺める。

「これはなに？」

通路の中ほどで、チハルは声を張り上げて男を呼び止めた。壁一面に、ハガキほどの大きさに引き伸ばされたプロフィール写真が貼り出されている。

「ああ、これね」

戻って来た男も、大声で答えた。教室を仕切る壁が薄いのか、音楽や生徒たちの声が廊下に筒抜けで、うるさくて仕方がない。これでは授業に集中できないだろう。

「ドラマやCM、イベントなんかへの出演が決まった生徒は、ここに貼り出すことになってるんだよね。結構大きな仕事をしてる子もいるでしょ？」

馴れ馴れしく男が言い、チハルと山田は写真を眺めた。歳は十代から二十代後半。そここそカッコよかったり可愛かったりするのだが、みんな芸能人の誰かに似ている。おまけに写真の下に派手な文字で紹介されている仕事も、「テレビ北関東制作『ノースリーブ刑事《デカ》』出演決定（通行人A役）!!」とか「若手お笑いスーパーライブ出演！　会場・スーパーエニー日吉駅前店屋上広場」程度のものばかりだ。

「胡散臭い」

鼻を鳴らし、チハルは呟いた。

「チハルさん。あの写真を見て下さい」

「ちょっと、耳に鼻息を吹きかけないでよ。いちいちきしょいんだから」

大きな頭を押しのけ、指された写真を見た。女が満面に笑みを浮かべている。ほとんど金色に近い茶髪の巻き髪に派手なメイク。しかし、彫りの深い整った顔立ちはそれに埋もれていない。

「沙織だ」

「やっぱり！　でも、何でこんなところにあるんですかね？　名前も雰囲気も全然違うし」

見ると、写真の下には「宮川紗江子《みやがわさえこ》　新川崎・パチンコチェーン　コンコルドキャンペーンガール決定！」と書かれている。

二人の肩越しに、男が覗き込んできた。

「どうかしたの？」

「いやあの、この人とってもきれいだなと思って」

「ああ、俳優コースの紗江子ちゃんね。彼女はいいよ。ルックスはもちろん、芝居の実力もなかなかのものだし」

「どの教室にいるの？　ファンになっちゃった。サインとかもらいたいんだけど」

上目遣いで唇をすぼめ、極力ピュアなムードを演出して訊ねた。

「今はいないんじゃないかな。六時から歌のレッスンがあるから、それには出席すると思うけど」

「六時ね？」

さらに目力《めぢから》を込めて見上げ、念押しした。

3

六時を十分過ぎても、紗江子は姿を現さなかった。

「人違いじゃないだろうな。沙織さんは、絶対約束の時間に遅れたりしなかったぞ」

いらだち、浜島が睨みつけてきた。チハルは煙草をふかしながら平然と返した。

「まあ、いっそのこと人違いだった方が、ハマジのためって気もするけどね」

「おい。それはどういう意味だ?」

「まあまあ。もう少し待ちましょうよ。きっと現れますから」

慌てて、山田が止めに入る。

スクールでの話を報告すると、浜島はすぐにすっ飛んできた。相談の結果、三人で紗江子という女を待ち伏せして真相を確かめることにした。場所はスクールの入っているビルの向かい、路上駐車した車の陰。ゆうべと同じパターンだ。

通りの向こうから、細く高いヒールがアスファルトを打つ音が聞こえてきた。

明るい茶髪の巻き髪に、豹柄フェイクファーのショートコート。デニムのタイトスカートは超ミニ丈。すらりと形のいい脚を包むのは、純白のロングブーツだ。薄暗い街灯が念入りに施されたアイメイクとラメ入りのグロスでボリュームを持たせた唇、そこにくわえられた煙草を照らしている。

飛び出そうとした浜島をジャケットの裾をつかみ、山田が止めた。車の数メートル手前まで来ると紗江子は歩を緩め、吸っていた煙草を投げ捨てた。火がついたままの煙草が向かいを歩いてきた小さな男の子の顔に当たりそうになり、隣の母親が慌てて腕を引いた。

「おい。危ないじゃないか」

親子の後ろを歩く男が、進み出てきた。歳は二十代前半。中肉中背で、ダウンコートの下にコンビニの名前がプリントされたシャツを着ている。休憩中の店員だろうか。しかし紗江子はちらりと視線を送っただけで、何事もなかったように歩き続ける。

「聞こえないのか。ふざけんなよ」

怒りを含んだ声で言い、男は紗江子の後を追った。山田の手を振り払い、浜島が飛び出す。

「沙織さん！」

ぎょっとして、紗江子が立ち止まった。

「すみません」

浜島が代わりに頭を下げると、母親は引きつった顔で会釈を返し、男の子の手を取って歩き去った。男も不満げになにか呟きながら歩いていく。三人の背中を見送り、浜島が向き直った瞬間、紗江子は走りだした。

「捕まえて！」

チハルに尻を叩かれ、山田は慌てて駆けだして紗江子の前に立ちはだかった。

「逃げてもむだだよ。駅にもあんたの家にも、あたしらの仲間が張ってるから。あきらめて全部白状しなよ」

チハルが言った。はったりだと見破られないために、目一杯ドスを利かせてみた。紗江子は豪快に舌打ちし、チハルたちに右手の中指を突き立てて見せた。

ビルの谷間の裏通りに紗江子を連れ込み、話を訊くことにした。

「沙織さん、これはどういうことなんですか？　説明して下さい」

浜島が迫ると紗江子は顔をしかめ、グッチのバッグから煙草を出してくわえた。

「その名前で呼ぶのやめてくれる？　嫌いなんだよね。そんな女、ホントはいないし」

「いないって、それどういう意味ですか？」

「だからさ、沙織って女はトゥワイスがでっち上げたキャラなの。性格や仕事、好きな服とか店とかさ。あたしはその設定通りに演じてただけ、つまり全部うそ。携帯とかメアド、アパートも同じだよ。トゥワイスが用意してくれたの」

浜島が絶句し、山田は大きく頷いた。

「そうか。道理で行きつけの店の店員が誰も覚えていなかったはずだ。しかし沙織さん、いや、紗江子さんか。なぜそんなことをしたんですか？」

「決まってんじゃん。お金だよ、お金。沙織として一回デートする度に、一万円もらえんの。

プロポーズされたら適当な理由をつけて断って姿を消して、しばらくしたら違う名前とキャラで別の男とつき合う」

「そういう絡繰《からく》りだったんですか。でも、バイトの女の子はトゥワイスの紹介で結婚したカップルも大勢いるし、結婚式や披露宴の写真も見たと話しています。どういうことですか」

「ああ、それね」

紗江子はしたり顔で頷くと、勢いよく煙を吐いた。

「提携してる式場に挙式を申し込んだ一般の客に、費用の一部を持つからトゥワイスの紹介で知り合ったことにしてくれ、って持ちかけるの。後から広告に出て、式や披露宴の写真を提供すればまたお金がもらえるから、OKするカップルも多いみたい。でも、バイトの子はそんなこと知らないはずだよ。システムが外に漏れないように、社員は徹底的に教育されてるから。バレたら全員警察に捕まるとか、脅されてるらしいよ」

「なるほど。よくわかりました。だけど、罪に問われるのはあなたも同じですよ」

メガネを押し上げ山田が切り込むと、紗江子は肩をすくめ、あっけらかんと返した。

「あたしは言われた通りにやっただけだもん。同じことしてる子は、他にも大勢いるし。トゥワイスが会員に紹介するのは、男も女もほとんどうちのスクールとか他のモデルクラブのバイトだよ」

「じゃあ、全部芝居だったって言うんですか？　僕と会って話を聞いて、笑顔を見せてくれたのもお金のためだったんですか？」

浜島が迫った。顔は紙のように白く、声も体も小刻みに震えている。紗江子は眉をひそめ、鬱陶しそうに言い放った。

「だから、そうだって言ってるじゃん。他に何があるの？　あんた、何も持ってないじゃん。顔はブサイク、会社は三流、車だってしょぼい国産。それであたしと結婚しようなんて、図々しすぎ。芝居でも、つき合ってもらえただけ感謝してよ」

「確かに僕は、なんの取り柄もない男です。でも少しはましなところがあって、あなたはそこを好きになってくれたんだと思っていました。それがどんなものでも、他人がどう思っても構わない。あなたが好きだと言ってくれるなら、僕はそれを誇りに一生を生きていこう、そう決めたんです」

まっすぐに紗江子を見つめる。チハルも山田も、こんな目をした人を見るのは初めてだった。しかし紗江子は顔をしかめ、浜島の足元に煙草を投げ捨てた。

「はあ？　訳わかんない。きしょいよ、おっさん」

「あんた、地元どこ？」

チハルが口を開いた。黙っていたのは、ことの真相がうすうす感じていた通りだったからだ。しかし浜島の言葉を聞き、その目を見ていたら腹の底から全身が粟立つような気持ちがこみ上げてきた。

「はあ?」

「どこでもいいか。だって、人間そのものがダサいんだもん。ハマっ子だろうが、江戸っ子だろうが、シロガネーゼだろうが、こういうやつはダメ。あんた見て、思った」

「ちょっと、それどういう意味よ」

紗江子が睨み返した。グロスのラメが、ビルの灯《あか》りを受けてぎらつく。

「あんたいま、ハマジが何も持ってないって言ったよね。そういう自分はどうなのよ」

「そりゃ――」

「ご自慢の顔? 体? でも、それ使って何やってんの? しょぼくてきしょいオヤジだまして、はした金稼いで調子こいてるだけじゃん。発想、てか人間が丸ごと安くて田舎者なんだよ。この激安カッペ女!」

紗江子の顔から表情が消えた。次の瞬間、意味不明の言葉を叫び、チハルにつかみかかってきた。負けじとチハルも臨戦態勢に入り、潰れた空き缶と煙草の吸い殻にまみれた裏通りは、たちまちキャットファイトのリングと化した。

4

「だ〜か〜ら〜。早く差しだせばいいってもんじゃないんだってば」

チハルが声を張り上げると、山田はびくりと振り返った。右手に握りしめたポケットティッシュは、パッケージに英会話学校の広告が印刷されている。

「すみません。これでも、すれ違う寸前に渡してるつもりなんですけど」

「あんたさあ、ハマっ子ってうそでしょ。じゃなきゃタイムトラベラー？　横浜は横浜でも、大正時代の文明開化の頃に生まれたんじゃないの。それならその髪型とか、ファッションセンスもありえるかもだけど」

「お言葉ですけど、文明開化は大正時代じゃないですよ。明治時代の初期のことで」

チハルに睨みつけられ、山田は口をつぐんだ。今日も巨大な寝癖頭に、不気味な配色のチェックシャツ、着古したダッフルコートというコーディネート。加えて、銀縁メガネはいまだに上下が歪んだままだ。

横浜駅西口・ビブレ前広場。今日も二人の目の前を大勢の人々がすれ違い、流れていく。バイトを再開して二週間近く経つが、いつまで経っても山田は使い物にならない。

「俺にもティッシュをくれよ」

振り向くと、浜島が立っていた。

「お久しぶりです。どうなさってたんですか。心配してたんですよ」

山田が声を上げた。浜島に会うのは、紗江子を待ち伏せした夜以来だ。格好は相変わらずひどいが、顔色は少しよくなっている。

「ショックとか落ち込むとかいうより、呆けまくってたよ。まさか、あんな結末になるとは思ってもみなかったからな。いや、本当に驚いた」

浜島が苦笑し、チハルは口を尖らせた。

「悪かったわね」

あの後、レフェリーよろしく割り込んできた山田によって、ファイトは中止された。紗江子は捨て台詞を残し逃げるように立ち去ったが、浜島は後を追おうとはしなかった。

「で、決めたんだ。警察に行って、トゥワイスがやってることを全部ぶちまけるよ。あのタレントスクールも、提携してるっていう結婚式場もグルみたいだから、ことが明るみに出れば結構な騒ぎになると思う。恥をさらすことになるし、悩んだけど、これ以上俺みたいな人間を増やしたくない。それに、これをやらなきゃ本当の意味での再出発にならないと思うんだ」

「そうですか。よく決心されましたね。応援します。がんばって下さい」

山田が暑苦しく励まし、チハルは肩をすくめた。

三人並んでフェンスに体を預け、川を眺めた。日差しで川面が輝き、かすかに潮の香りがした。

「約束の礼金を渡しにきた。いろいろ世話になったな」

浜島が封筒を差し出した。チハルは三十万円の厚みと手触りをしばし味わった後、一万円札を二枚だけ引き抜き、封筒を返した。

「必要経費と、山田のメガネの修理代だけもらっておく」

驚いたように浜島と山田が見る。チハルは目をそらし、ぶっきらぼうに続けた。

「とりあえず、このお金で新しいスーツを買いなよ。そんな格好で再出発とか言われても、説得力ないし」

「わかった。ありがとう」

静かな声で応え、浜島は封筒をジャケットの内ポケットに戻した。

「ただし、間違っても白いスポーツソックスなんか買うんじゃないわよ。今度フラれて泣きついてきても、手は貸さないからね」

「わかったって。ところで、前に俺の地元がどこか訊いたよな」

「いきなり何よ」

「俺もハマっ子だよ。生まれも育ちも横浜。いまはひとり暮らししてるけど、実家は中《なか》区山《やま》手《て》町《ちょう》」

「山手⁉」

先に山田が声を上げた。山手町は、横浜港を見下ろす丘の上に広がるエリアだ。幕末からの外国人居留地として知られ、国の重要文化財に指定されるような西洋館に混じり、とても個人の邸宅とは思えないような豪邸や超高級マンションが建ち並んでいる。巷《ちまた》の、「おしゃれ港町・横浜」イメージの中核をなすエリアの一つだ。

呆然と見返すチハルに、浜島は続けた。

「まあでも、お前の言う通りだと思うぜ。ハマっ子だろうが、シロガネーゼだろうが人間がダサくて安いやつはダメ。その逆もありだけどな」

「逆って？」

「お前、埼玉なんだろ。俺さ、埼玉のやつ嫌いだったんだよ。横浜とか湘南とかに、意味不明のコンプレックス持ってる連中がいるだろ。こっちが出自を話すと、妙に卑屈になったり嫌味っぽいこと言ったりしてさ。そのくせバブルに乗じて、俺の実家の近所にすげえ悪趣味な家建てて、『ここに住むのが夢だったんです』とかうっとりしちゃったりして」

「悪かったわね」

言い返してはみたものの、「連中」の気持ちは痛いほどわかる。というより、チハルもその一人だ。

「でも今回のことで、ていうか、お前に会って考えが変わったよ。埼玉、なかなかやるじゃん」

「何よ、その上から目線。そういうところがムカつくんだって」

「怒るなよ……じゃあ俺は行くけど、お前らもがんばれよ」

「がんばるって、何をよ」

歩きだした背中に、チハルは問いかけた。振り返り、浜島は笑った。いたずらっぽい、子どものような笑顔だった。

「よくわかんねえけど、ティッシュ配りとか。得意なんだろ？　だったら一番になっちまえ。この広場の女王様だ。埼玉娘、ハマのティッシュ配りを制す。外国人横綱みたいで、カッコいいじゃないか」

「何それ。訳わかんないし。てか、外国人横綱って何よ。あたしは朝青龍《あさしょうりゅう》かっての」

「いいじゃないか。てっぺんに立てば、また違う景色が見えてくるかも知れないぜ」

「はあ？　偉そうになに言ってんのよ。ハマジのくせに！」

チハルは騒いだが、小さな背中は人混みに紛れすぐに見えなくなった。

この広場の女王様。埼玉娘、ハマのティッシュ配りを制す。チハルは胸の中で繰り返した。歌とか小説とかと比べるとちょっと、いや相当ショボい。その上、「おしゃれ港町・横浜」のイメージとはほど遠い、ドブ川の上の猥雑な広場だ。でも、女王様は女王様、横浜は横浜だ。それに、隣にはもう家来もいる。ダサくてきしょくて使えないけど、生粋のハマっ子、それに、睫毛の長さとカーブはなかなかだ。

うん、悪くないかも。いやマジで。

チハルは踵《きびす》を返し、ティッシュの詰まった籠を持ち直した。

「いくよ」

「はい」

返事だけは一人前に、山田が返す。

背筋をぴんと伸ばして胸を張り、山田を従えチハルは人波の中を進んでいった。

OTL

1

さらにワントーン、アラームの音が大きくなった。こらえきれなくなり、隼人《はやと》は布団をはねのけて目覚まし時計を掴み上げた。アラームのスイッチを切り、よく開かない目で文字盤を確認する。午前七時半。友美《ともみ》の起床時間だ。しかしベッドは、左半分がすっぽりと空いている。

半分眠ったままの頭で訝《いぶか》しく思いながら、隼人はベッドから降りた。ふらふらと部屋を横切り、ダイニングキッチンへ向かう。

しかし、友美の姿はなかった。四畳半のスペースに詰め込まれた食器棚と家電製品、折りたたみ式の円《まる》テーブルと椅子。アパートの外廊下に面した窓から差し込む朝日が、それを明るく照らしている。

壁に並んだトイレとシャワールームのドアに目を向け、耳も澄ましてみたが、何の音も聞こえない。

買い物だろうか。五分ほど歩いたところに、コンビニエンスストアがある。しかしシャワーを浴びて歯を磨き、ヒゲを剃り終えても友美は戻る気配がない。

異変を認識したのは、五百ミリリットルのペットボトルに半分残っていたミネラルウォーターを飲み干し、煙草を一本吸い終えた後だった。

椅子を立ち、寝室兼居間に戻った。テーブルから友美の携帯電話と財布、キーホルダーがなくなっている。振り返ると、壁のハンガーから愛用のダウンコートも消えていた。

隼人は床に転がっていた自分の携帯電話を拾い上げ、友美の番号を呼び出した。呼び出し音が一度鳴り、すぐに留守番電話に切り替わる。何度かかけ直してみたが、結果は同じだった。

「マジかよ」

突っ立ったまま、呟いた。

思いあたることがない訳ではない。昨夜《ゆうべ》、寝る前にケンカをした。とはいっても、友美が一方的にキレて隼人に対する不平不満を捲《まく》し立《た》てただけ。いつものことだ。原因はトイレットペーパーだ。使用中のペーパーが残りわずかになったら、使いきる前に新しいものに替えておく、というのが友美が作ったルールなのだが、隼人はつい忘れてしまう。昨夜も同様で、友美の怒りが爆発した。いわく、「隼人は、なんでも誰かが何とかしてくれると思ってる」。つき合い始めて一年半、一緒に暮らして一年。同じことを度々言われている。

薄い壁を通し、隣の部屋からテレビの時報が聞こえてきた。八時だ。隼人は手早く着替えて朝食代わりにミントキャンディーを二粒口に放り込み、部屋を出た。

アパートの裏手にある駐車場に回り、ワンボックスカーに乗り込んだ。ボディは明るい青に塗られ、ハイビスカスやヤシの木、腰ミノとレイを身につけたフラガールなどのイラストがカラフルに描かれている。左右のドアには一際目立つ文字で、『HAWAIIAN BURGER&SANDWICH: ONO-ONO《オノ・オノ》』と店名が書かれている。命名者の友美によると、ONOとはハワイの先住民の言葉でおいしいという意味らしい。

パン屋と八百屋、肉屋を回って材料を仕入れたあと、関内《かんない》の飲み屋街に向かった。大通りの路上パーキングに車を停め、仕入れた食材を台車に載せて小走りで通りを進んだ。途中で脇道に入り、しばらく走って足を止めた。

あちこち塗装が剥げ、サビついたシャッターの中央に鮮やかな色遣いのネオンサイン風の文字で『ソウル居酒屋　セックスマシーン』と書かれている。正気の沙汰とは思えないネーミングだが、店主はソウルミュージックマニアの中年男で、敬愛するジェームス・ブラウンのアルバムタイトルから命名したという。

食品の移動販売をする場合、車とは別に食品を仕込む場所の営業許可が必要となる。施設の規模や基準の高さから一般家庭のキッチンが仕込み場所として認められることはまずなく、個別に厨房を確保しなくてはならない。とは言え、飲食店等を借りるには莫大な予算がかかる。そこで、多くの店主が既に営業許可を取っているレストランや居酒屋を営業時間外に間借りしている。隼人たちも同様で、午前中だけという約束で『ソウル居酒屋　セックスマシーン』の厨房を使わせてもらっている。

隼人はジーンズのポケットからカギを出してシャッターとドアを解錠し、店内に入った。薄暗く狭いフロアに、昨夜の煙草と酒の臭いが残っている。台車を押し中央の通路を進み、突き当たりの厨房に入った。灯りを点《つ》け、ステンレスの小さな調理台の上に食材を並べていく。ここまでは昨日までと同じ。問題はこの先だ。隼人はぼんやりと目の前に並んだレタス、アボカド、挽肉やベーコン等を眺めた。

野菜は洗ってスライスするだけ。パティ、つまりハンバーグの作り方は何度か友美の手伝いをしたことがあるので、何となくわかる。ソースやドレッシング類は、ストックで当座はしのげる。

五分ほどかけて結論に達すると、ネルシャツの袖をまくり、流し台で念入りに手を洗った。

ランチタイムの混雑がピークを過ぎ、ほっと一息ついているとテルが現れた。

「隼人さん。ケチャップが付いてなかったぜ」

車窓を改造したカウンターの前に立ち、不満げに口を尖らせた。右手には、オニオンリングフライが盛られた紙容器を持っている。

「そうだった？　ごめんごめん」

隼人は慌ててステンレスのトレイから、ケチャップが入った小さなプラスチックのカップを取って渡した。

「さんざん待たされて、これだもんな。シャレになんねえよ」

テルは顔をしかめた。常連客の一人で、いつもB-BOYファッションに身を包んでいる。今日もダブダブのパーカとジーンズ、坊主頭にはバンダナを巻き、その上にベースボールキャップを斜《はす》にかぶるという出で立ちだ。

「ホントにごめん。悪かったよ。これはお詫《わ》びの印《しるし》」

狭い厨房で身を縮めるようにして頭を下げ、隼人はジーンズのポケットから幅五センチ、長さ十センチほどの紙片を引っ張り出して渡した。一番上に『HAWAIIAN BURGER&SANDWICH: ONO-ONO　サービスクーポン券』、その下に『コーヒーS　100円』『オニオンリングフライ　50円引き』『本日のランチセット　150円引き』などの文字と各商品のイラストがプリントされ、ミシン目も入っている。

何とか仕込みを終え、ランチタイムに合わせていつもの場所、横浜駅西口のビブレ前広場脇の通りに店を出した。しかし一人の作業に手間取り、オーダーミスや釣り銭の間違いなどを頻発してしまった。

クーポン券を受け取り、テルは急に機嫌をよくして言った。

「マジで？　ラッキー。ところで今日は友美さんは休みって聞いたけど、どうしたの？」

「風邪を引いちゃってね。でも、大したことない。すぐに復帰するから心配しないでよ」

朝から客に何度となく同じことを訊かれ、同じ答えを返している。さりげない口調と作り笑顔にも、すっかり慣れた。

「ふうん、そうなんだ。でも、隼人さん一人で大丈夫なの？」

もぐもぐと口を動かし、テルが訊ねる。小さな口の周りにはヒゲがまだらに生え、ケチャップとオニオンリングのカスがついている。小鼻と左耳にシルバーのピアスを光らせ、いきがってはいるが仕草と表情はまだほんの子どもだ。

「大丈夫。ちゃんとやれるよ」

隼人は返し、苦笑いを浮かべた。この質問も朝から大勢の人に投げかけられているが、仕方がない。

二年前、隼人は勤めていた会社を辞め、取りあえずのつもりで都内のレストランでバイトを始めた。そこで知り合ったのが、七つ年下の友美だ。なんとなくつき合い始め、しばらくするとワゴンを改造した移動販売車・通称「ネオ屋台」をやろうと言いだした。ハワイ風のハンバーガーとサンドイッチを売ると決めたのも、彼女だ。ちなみに隼人は、一度もハワイに行ったことがない。さらにメニューの選定や仕入れルート作り、加えて開店資金と車の調達と改造、保健所の営業許可を得るための資格取得や仕込み場所の確保、その他もろもろの手続き、出店場所探しに至るまでほとんど友美が一人でやった。

「マヒマヒとチーズのサンドイッチをちょうだい。あと、ダイエットコーラのSもね」

「あたしも同じやつ。ドリンクはコーヒーにして」

若い女の二人連れが、カウンターの前に現れた。共に背中に大きく店名がプリントされたベンチコートを着ている。近くのカラオケボックスの店員で、客の少ない昼間は広場の脇の歩道で割引券を配らされている。

「了解」

隼人は鉄板の火を強め、薄く油を引いた。背後の冷蔵庫を開け、トレイから下味をつけたマヒマヒの切り身を二枚取り出し鉄板に載せた。油が音を立てて弾《はじ》け、薄い煙が立ちのぼる。

マヒマヒとはシイラのことで、ハワイでは高級魚として知られているらしい。友美は友人・知人のつて、さらには近辺の漁港などにも出向き、相模《さがみ》湾で陸揚げされた新鮮なものを安く仕入れるルートを見つけた。

「ねえねえ。隼人さんがついに友美さんに捨てられたって噂、マジ？」

女の一人、長い髪を頭のてっぺんでルーズに結った方が訊ねてきた。残りの一人、金髪のショートボブも身を乗り出す。二人とも濃いめのメイクで彩《いろど》られた目が、好奇心で輝いている。

「それ、あたしも聞いた。隼人さんが使えないから、愛想つかして出てっちゃったって」

「何だそれ、ひどいな。デマに決まってるだろ。ただの風邪だよ。すぐに復帰するから」

笑顔を作ったが、口調はややおざなりになる。

さして広くもないのに、ここに集まる若者は多い。隼人たちが店を出している平日の午前十一時半から午後二時の間だけでも、ビラやティッシュ配り、キャッチ商法のセールスマン、加えて何をするでもなくたむろするB-BOYファッションの少年と茶髪巻き髪・ミニスカートの少女のグループなどの姿がある。さらに日暮れ近くになると、居酒屋やホストクラブの客引き、ナンパ目的の男、ストリートミュージシャンやダンサーなども加わる。自然と顔見知りになり、ネットワークも出来上がっているらしいが、とにかく噂好きで話が伝わるのが早い。隼人も客たちから毎日のように誰が誰を口説いた、呼び出してボコった、警察に引っ張られた等々の話を聞かされていたが、まさか自分がネタになるとは思わなかった。

ここに店を出すと決めたのも、友美だ。隼人にとっては馴染みのない街だったが、「横浜の街のエキゾチックで国際色豊かなイメージが、ハワイアンバーガーに合ってる」と言われ、そういうものかと従った。当初の計画ではみなとみらいや山下公園などで観光客を相手にする予定だったが規制や競争が厳しく、何とか確保できたのは、エキゾチックでも国際色豊かでもない繁華街の広場だった。友美は「ノリや勢いだけの観光客より、地元で暮らしたり働いたりする人の方が味に厳しいぶん、リピーターがつきやすいし、口コミも期待できる」とあくまで前向きだが隼人にはよくわからず、この広場や横浜の街への愛着も特には感じない。

オニオンリングフライを頬ばりながら、テルが割り込んできた。

「噂って言えば、お前ら知ってる？　先週またパニッシャーが出たんだって」

「マジ？」

「どこで？　今度はどんな人が襲われたの？」

女たちの声がワントーン上がる。テルは店のカウンターに置かれたホルダーから紙ナプキンを抜き取り、口をぬぐった。

「野毛山《のげやま》動物園だって。襲われたのは伊勢佐木町の店に勤めるホストで、歳は二十四、五だったかな。なかよし広場っていうガキ向けの動物ふれあいコーナーがあるんだけど、モルモットの檻の中で糞《ふん》まみれになって転がってるのを、朝エサをやりに来た飼育係が見つけたんだって」

女たちは、手を叩きながら笑い転げた。

「何それ。超ウケるんだけど。パニッシャー、やってくれるじゃん」

「で、ホストはケガとかしてたの？」

「全然なし。気絶してただけだって。ただし、両手には手錠がはめられてた。もちろん、しょぼいおもちゃのやつな」

女たちがさらに笑い転げ、テルは満足そうにオニオンリングにかぶりついた。

噂好きの彼らがいま夢中になっているのが、このパニッシャーだ。最初の被害者は、山下公園を根城《ねじろ》にしている不良少年グループのメンバー。三カ月前の早朝、山手のイタリア山庭園の花壇に、首まで花に埋もれていた。次はその数週間後、都筑《つづき》区の新興住宅地に住む四十代の主婦だ。友人とランチに出かけたあと行方不明になり、警察が捜索した結果、深夜、山下公園内の「赤い靴はいてた女の子」の銅像の下で、像と同じ体育座りで座り込んでいるのを発見された。いずれの事件も、被害者は気絶させられただけで暴行等は一切受けていない。しかし、発見時には必ず両手にアルミ製のおもちゃの手錠をはめられている。キャッチーでメッセージ色、特にウケ狙いの要素が強い犯行手口にマスコミが飛びつき、煽《あお》られた若者がパニッシャー《処刑人》という呼び名をつけた。無論警察も動いているが、目撃者、遺留品の類《たぐい》は一切なく、また被害者に年齢・職業など共通するものがない通り魔的な犯行のため、捜査は難航しているらしい。

「ねえ隼人さん。パニッシャーって実は寿町《ことぶきちょう》あたりの外国人労働者のグループで、貧乏とか差別への復讐でやってるって聞いたんだけど、ホントかな」

「さあ。どうだろうね。マヒマヒのサンドイッチ、もうちょい待ってね。すぐ焼けるから」

テルの問いかけを笑って受け流し、鉄板の上の魚をフライ返しで裏返した。白い煙とともに香ばしい香りが立ちのぼる。焼き上がるまで約三分、隼人はカウンターに背中を向けジーンズのポケットから携帯電話を出した。友美にかけたが、すぐに留守番電話に切り替わってしまった。

これまでも、ケンカをした後しばらく口をきいてくれないことはあった。家にいる間はもちろん、仕事中も客とはいつも通り談笑するのに、隼人が話しかけても一切返事をしてくれない。そのくせ、一日に何通も顔文字が満載のメールを送りつけてくる。友美のメールには普段からこの手の文字が多用されているのだが、「(｀皿´)ｲｰｰｰｰｰｰｯﾀﾞ」だの「(´Д`)ﾑｷｰ!」だの「ｵﾗｧ(ρ゜Д゜)=ρ)´Д`)ｸﾞﾊｯ」だの並べられても、何が言いたいのか隼人にはよくわからない。しかし、今回はその意味不明のメールさえ送られてこない。

どうやら、友美は俺のことを怒っているらしい。しかも本気で。しかし、何を怒っているのか、トイレットペーパーを新しいものに替えておかなかったことが、これまでに友美の逆鱗《げきりん》に触れた数々の出来事とどう違うのか、さっぱりわからなかった。

女たちにサンドイッチを渡し、そろそろ店じまいをしようとしているとユカリがやってきた。

「コーヒーのSを下さい……あれ、友美さんは？」

「風邪で休み。すぐに復帰するけどね」

知らず、口調がぞんざいになる。するとユカリは、不安そうな顔をした。ベリーショートの髪を鮮やかなオレンジに染め、右の耳にピアスを三つぶらさげている。

「私のせいかも」

「どういうこと？」

サーバーに入ったコーヒーを店のロゴがプリントされた紙コップに注ぎながら、隼人は訊ねた。

「一昨日《おととい》の夜、また友美さんにカットモデルになってもらったんです。でも私、手際が悪くて濡れた髪のまま友美さんを待たせたりしたから、風邪を引かせちゃったのかも」

「いや、違う。ユカリちゃんのせいってことは絶対ないから。安心して」

「本当ですか？　ならいいけど」

ほっとして笑顔を見せた。色が抜けるように白く、やや黒子《ほくろ》の多い頬にえくぼが浮かぶ。

ユカリは広場の先の繁華街にあるヘアサロンの見習い美容師だ。常にカットやパーマの練習台になってくれるモデルを捜していて、時々この広場でもたむろする若者や通行人に声をかけている。友美もその一人で、たまに閉店後のヘアサロンで練習台になっているらしい。

「ちなみに、その時友美に何か変わった様子とかなかった？」

ユカリにコーヒーを手渡し、代わりに代金を受け取る。

「う〜ん、別に。いつも通りでしたよ。明るくて元気いっぱいで。開発中の新メニューのこととか、共通の知り合いの噂、あと隼人さんの話も少ししたかな」

「俺？」

「ええ。でも、いつものことですよ。お店とか家での隼人さんの様子をグチっぽく話すんだけど、聞いてるこっちからすると、すごく些細《ささい》で微笑《ほほえ》ましいことばっかり。だから聞き終わると、『結局いまのってノロケじゃないですか』とか突っ込んだりもしてます。でも、一昨日は少し様子が違ってたかなあ」

「どんな風に？」

「いつも通り隼人さんの話題になったら、『隼人は自分の立ち位置に甘えすぎてる』って言ったんです」

「それ、どういう意味？」

「さあ。いつもならそこで具体的なエピソードを挙げて笑わしてくれるんだけど、一昨日はそれきり黙り込んじゃって。でもすぐに別の話題に移って、いつもの友美さんに戻りましたけど」

「ありがとうございました」の声をかけるのも忘れ茫然としている隼人を残し、ユカリは立ち去った。

自分の立ち位置に甘えすぎてる。隼人は、聞いたばかりの言葉を頭の中で繰り返した。しかし、何の感情もイメージも浮かんでこない。ますます訳がわからなくなっただけだ。ぼんやりしていると、腕時計のアラームが鳴った。午後二時だ。地元の商店街には、この時間までという約束で屋台を出すのを許可してもらっている。車外に出て看板やメニュー、ゴミ箱を片づけ、カウンターの上に差しかけていたビニールの庇《ひさし》を巻き取った。車に戻り、作業台やシンクの中を片づける。労働量が普段の倍ということもあるが、食材の収納場所や調理器具の使い方がわからず調理中にまごつき、厨房をひどく散らかしてしまった。

一通り作業を終え、最後にコンロの上の寸胴鍋《ずんどうなべ》に手をかけた。中にはソースがたっぷり入っている。ほとんどのハンバーガーとサンドイッチに使うベースソースで、客はどのパン、具材よりもこのソースが旨いと言う。この屋台の命綱だ。

ずしりと重い鍋を両手で掴み、シンクの下の収納棚に運ぶために一歩踏み出した。とたんにスニーカーの靴底がつるりと滑り、幅五十センチちょっとしかない通路に前のめりに倒れた。膝と臑《すね》、さらにシンクの側面に打ち付けた右肩に痛みが走り、鍋から手を離した。重たい金属同士がぶつかり、床を打つ鈍い音が厨房の天井に響いた。まず靴底にべったりとついたマヨネーズを確認し、続いて顔を上げた。ベージュのビニール張りの床に、赤茶色のソースが嗅ぎ慣れた香ばしい香りと、かすかな湯気を上げながらぶちまけられている。昨日の朝友美が作ったばかりで、今後五日間ほどはこれを使うつもりだった。他にソースのストックはない。

隼人は再び言葉を失い、床に這いつくばったまま眼前の光景を見つめた。

2

とりあえず店じまいをして、家に戻った。

部屋に入り、コートを着たままキッチンの椅子に座り込む。息が上がり、厨房で転び打ちつけた膝と膕が痛んだ。機嫌を直し、友美が戻っているのではないか。アパートが近づくにつれそんな期待が強まり、階段を駆け上がってしまった。しかし室内はがらんと静まりかえり、留守中に人が出入りした形跡もない。

じわじわと、疲労が広がってきた。腹も減っている。出がけにミントキャンディーを放り込んだだけで、何も食べていない。

しばし惚《ほう》けたあと、ジーンズのポケットから携帯電話を出してかけた。相手は友美だ。出ろ、出てくれ。祈るような気持ちでボディを耳に押し当てたが、またしても留守番電話に切り替わった。隼人は今日何度目になるのかわからないため息をついて立ち上がり、寝室兼居間に向かった。

友美の行方はさておき、とりあえず対処すべき問題がある。ソースだ。明日以降店を出すには、作り直さなくてはならない。しかし、ONO-ONO を開店するにあたり友美が考案したオリジナルのもので、材料・レシピとも知っているのは彼女だけだ。

脱いだコートをベッドに放り投げ、壁際のパソコンデスクに向かった。机上右端に挿されたプラスチックのファイルを取り、一冊ずつチェックした。仕入れの関係者や客たちからもらった名刺、イメージ資料として集めたらしい料理やインテリア、旅行雑誌の切り抜きなどがきちんと整理して収められている。しかし、ソースのレシピは見あたらなかった。続いて、ノートパソコンの電源を入れた。友美はこのパソコンで帳簿をつけたり、チラシや割引券を作っていた。オペレーションシステムが立ち上がり、液晶ディスプレイに会計ソフトやグラフィックソフトのアイコンが現れ、その下に飾り気のないペーパーファイル型のアイコンが並んだ。友美が自分で作成した文書を保存したファイルだ。その一つに、『recipe』と記されたものがあった。マウスを掴み、カーソルを移動させてクリックする。ファイルが開いた。『アボカドバーガー』『マヒマヒのサンドイッチ』『オニオンリングフライ』。人気メニューの材料と作り方の手順が、びっちりと並んでいる。さらに、その途中途中に「ε＝ε＝ε＝ε＝ε＝┏(゜ロ゜;)┛ﾃﾞﾊﾞｯｻﾘ!!」とか「(#゜○゜)_／ﾁｭｰｾﾘ!」とか「ｳｧ――ﾝ(*´Д｀)/――→ｯ!!」とかいう友美お得意の顔文字による注意事項が、わざわざ色を変えて描き込まれている。

画面をスクロールさせると、終わりの方に『ベースソースの作り方』が見つかった。タイトルの下にはひときわ目立つ大きな文字で、『秘密ﾀﾞﾖｯ〉d(`・ε・´;)ー☆』と但し書きされている。

「やった」

腕を伸ばし、隼人は机の傍らの棚に置かれたインクジェットプリンターのスイッチを入れた。レシピをプリントアウトしている間にキッチンに行き、冷蔵庫からマラサダの試作品を出してきてかぶりついた。マラサダは、友美が開発中だったデザートの新メニューだ。ハワイではポピュラーなデザートらしいのだが、小麦粉の生地を油で揚げ、砂糖をまぶしただけのもので、隼人にはありふれたドーナツとしか思えない。友美曰《いわ》く、「砂糖にココナッツパウダーを混ぜてるところがハワイアン」らしい。

プリントアウトが終わると指先についた砂糖と油をジーンズに擦りつけて拭き、レシピを手に取った。

『ベースソースの作り方（1日分見当）

【材料】

・コンソメスープ：3リットル
・タマネギ：大4個
・白ワイン：3・5カップ
・セロリの葉：4～5枚
・パセリの茎：5～6本
・ローリエ：2～3枚
・にんにく：10かけ程度
・バター：大さじ10
・小麦粉：カップ3
・肉汁（ハンバーガー・サンドイッチ用の肉の焼き汁）
・塩、こしょう：少々

【作り方】

①肉を焼いたフライパンにコンソメスープを1カップ入れ、弱火で肉汁をこそげ落とすように加熱する。

②鍋で薄切りにしたタマネギとみじん切りにしたにんにくを炒め、①と残りのコンソメスープ、白ワイン、セロリの葉、パセリの茎、ローリエを加えて煮込んだら、塩、こしょうで味を調える。

③バターと小麦粉を練り、②に加えてとろみをつけてできあがり。』

キッチンに戻り、冷蔵庫と戸棚の中をチェックした。大丈夫だ。材料は揃っているし、この程度なら俺でも作れる。隼人は齧《かじ》りかけのマラサダを口に押し込み、ネルシャツの袖のボタンを外し、肘の上までまくり上げた。

一時間後、ソースが完成した。しかし、隼人がイメージしていた味ではない。手つきはおぼつかないながらも、材料と手順はきちんと友美のレシピ通りにやった。しかし、何かが違う。まずくはないのだが、コクというかしまりというか、とにかくもの足りない。作り直してみたが、結果は同じだった。

隼人は味見用のスプーンをシンクに放り込み、椅子を引いて座った。シンクの中には汚れた鍋や包丁、各種調理器具が突っ込まれ、作業台やコンロの方々には油とソース、野菜くずが飛び散っている。

手を伸ばして、テーブルの上のレシピを取った。ふと閃き、文章の間に描き込まれた絵文字だけを見直してみた。

材料の「肉汁」の隣に『ヽ(゜∀゜*)ﾀﾞｲﾀﾞｲ♪』、作り方の「肉汁をこそげ落とすように～」の下に『ｺﾞｼﾞ(-ε／)(／з-)ｺﾞｼﾞ』、最後の「できあがり」の横に『ｹﾝｹﾝ(￣､￣*)…ｲｲﾆｵｲ』、さらにそこから数行空白を開けた右端に『*・゜゜・*:.｡..｡.:*・゜OTL゜・*:.｡..｡.:*・゜゜・*』とあった。

『ヽ(゜∀゜*)ﾀﾞｲﾀﾞｲ♪』は、肉汁がソースの主役なのは当然なのでコツにもポイントにもならないし、他の二つも飾りやアクセント程度だろう。

『*・゜゜・*:.｡..｡.:*・゜OTL゜・*:.｡..｡.:*・゜゜・*』だけは意味がわからないが、この絵文字は時々インターネットの掲示板の書き込みなどに使われているのを目にする。「O」を頭、「T」を胴体、「L」を足に見立て、頭をうなだれ地面に四つん這いになっている人を横から見た状態として表しているらしい。意味は「脱力」「がっくり」「愕然」といったところだろうか。いずれにしろ、役には立ちそうにない。

テーブルに肘をつき、シンクの上に取り付けられた蛍光灯をぼんやり眺めた。遠くで学校のチャイムが流れ、夕刊を配る新聞屋のバイクが、アクセルとブレーキの音を交互に響かせながら通り過ぎて行った。

「困ったな」

呟いてから、心底、本当にそう思うのはこれが初めてだと気づいた。

これまでは隼人の身に厄介ごとがふりかかると、どこからか誰かが現れ、いつの間にかうまく片づけてくれた。誰かはその時々によって異なり、男の場合も女の場合もあった。しかし熱心で親切なのは圧倒的に女で、相手は恋人だったり、そうでない場合はそのまま付き合い始めることが多かった。要はモテるということで、とくに勉強やスポーツが出来る訳ではなく、小柄で顔も十人並み、欲をかかない代わりに向上心もないという何とも薄いキャラクターながら、女にだけは不自由したことはない。しかし、本人がそのことにまったく無頓着、というより意識すらしてこなかったため周囲の反感を買うことはなく、それがまた女たちの心のツボをいい具合に刺激するらしく、何となく二十八年も生きてきてしまった。

隼人は携帯電話を取り出し、ある番号を呼び出した。学生時代から何かと世話を焼いてくれる女友達で、ONO-ONOを開店する時にも力を貸してくれた。

「もしもーし」

「マイコか？　俺、隼人」

「久しぶりじゃない。元気？」

うかれた声でマイコが答える。騒々しい話し声と一緒に演歌が漏れ聞こえてきた。

「急ぎで手を貸して欲しいことがあるんだ。店のことなんだけど、実は――」

「ごめん。ちょっと忙しくて時間がないんだ。これから出張なのよ」

「出張？　だってそこ、居酒屋かなんかだろ？」

「まさか。違うわよ、ホントに出張なの。あ、電車が来た。ごめんね、隼人。また連絡するから」

ぶつりと、電話は切れた。

おかしい。というより怪しい。隼人はすぐに別の今度は男友達に電話し、協力を求めようとした。しかし、「風邪で寝込んでる」とわざとらしい咳と共に告げられ、拒絶された。その後数人の友人・知人に当たってみたが、全員にうそ臭い理由、あるいは留守番電話で逃げられた。

友美の仕業だ。手の中の携帯電話を見つめながらそう思った。隼人の行動を読み、あらかじめ手を打ったのだろう。一年近く夫婦同然の生活を送ってきたため、友美は隼人の友人のほとんどと面識がある。そのうえ「若くて可愛いうえにしっかり者。隼人には勿体ない」と評判も上々だ。泣き落としも交えて「手を貸さないで」と言い含められれば、とりあえず協力してしまうかも知れない。

怒っているのはよくわかった。でも、そこまでするか？　隼人の胸に初めて怒りが湧いた。それに応えるように、昼間ユカリから聞いた友美の言葉が蘇った。

「隼人は自分の立ち位置に甘えすぎてる」

翌日、隼人は店を休んだ。インターネットで検索し、ハンバーガーとサンドイッチ、ハワイのロコフードに関する情報を集めた。加えて本屋と図書館からも同様のテーマの本をかき集め、仕入れ先や顔見知りの同業者を回って友美がソース作りに関して何か漏らしていないかを探った。噂を聞いたのか中には露骨に哀れんだり、店が潰れると決めつけ仕入れ代金の支払いを心配する人もいたが、気にしている場合ではない。

「やってらんねえよ」

仰向けでベッドに寝転がり、ぼやいた。友美が出て行ってから独り言が増え、発する言葉もしだいに長く粗暴になっている。情けなくなり、両手で顔を覆った。とたんに強烈なタマネギの匂いが鼻をつき、顔をしかめて手を引っ込めた。

一日かけて情報を収集したが、ソース作りに足りない何かがなんなのかわからなかった。それでも諦めずに、今朝は五時起きでキッチンに立ち、敢えてレシピを無視して舌の記憶を頼りに自己流でソースを作ってみた。しかし、味見のしすぎで舌がマヒしてしまうまでがんばっても、できあがるソースは友美のそれの足元にも及ばなかった。

「どうしろっていうんだよ」

布団に顔を押しつけたまま、また呟く。

この二日間は、友美への反発と対抗心だけで突っ走ってきた。ネットサイトと書籍を漁り、仕入れ先や同業者を回って話を聞いた。全て友美がONO-ONOを開店する前にやったことだ。しかも彼女は自分の何十倍も時間をかけ、熱意もあった。すごいと思うと同時に、同じだけの労力を費やさなくてはレシピの謎は解けないのかと考えると、何もかも投げ出してしまいたくなる。

ますますドツボにはまりそうなので体を起こし、ジーンズのポケットから折りたたんだ紙を引っ張り出した。プリントアウトしたソースレシピで、もう三十回以上読み返している。シワだらけになり、あちこちに油やソースのシミがこびりついていた。

材料も作り方も覚えているが、半ばやけくそで読み返した。目新しいものは見つからない。続いて、色つきの絵文字に移る。

『ヽ(゜Δ゜*)ダイジ♪』、『コジ(-ε/)(/3-)コジ』、『ケンケン(￣、_￣*)…イイニオイ』、数行空けて『*・゜・*:.。..。.:*・゜OTL゜・*:.。..。.:*・゜・*』……ふと隼人の目が止まった。

ネットで情報収集をした際、念のためレシピに登場する全ての食材、固有名詞で検索をかけた。しかし、この『OTL』だけは検索していない。

ベッドを降り、脱ぎ散らかされた衣類や本、雑誌を踏みつけてパソコンに向かった。マウスを動かしてスクリーンセーバーを解除し、検索エンジンを呼び出す。

中央の細長いスペースに半角大文字で『OTL』と打ち込み、Enterキーを叩いた。画面が切り替わり、検索結果が横並びにびっしりと表示された。『アスキーアート（AA・文字を使って作成された絵）の一種、ウェブ上の掲示板などで、愕然とした状態を示す』、『オーディオパワーアンプ回路のこと』、『パソコンのフリーソフトウエア』、『旅行会社・㈱大島ツアーランドの略名』、上から順にチェックしていったが、これというものは見あたらない。一番下までチェックすると、矢印をクリックして次のページに進む。すると先頭に、『OUT TO LUNCH』というタイトルが表示された。クリックしてサイトを開いたが英語でよくわからない。改めて『OUT TO LUNCH』で検索をかける。表示されたのはCDショップ、レコード会社、ジャズファンのブログ。どうやら一九六〇年代初頭に活躍したアメリカのジャズミュージシャンのアルバムタイトルらしい。しかし、このアルバムやミュージシャンがハワイアンハンバーガーのソースと関係しているとは思えず、また、友美がジャズを聴いたり、話題に出た覚えもない。

背後で携帯電話の着メロが流れだした。慌てて立ち上がり、床の衣類を引っ掻き回しコートのポケットから黒いボディを引っ張り出した。

「もしもし？」

「セックスマシーンの鈴木《すずき》ですけど」

のほほんと名乗られ、隼人は思わず噴き出した。

「何だよ。いきなり笑うことないだろ」

「すみません。でも、何度聞いても『セックスマシーンの鈴木です』ってすごいですよね」

「仕方がないだろ。そういう名前なんだから。ただ『鈴木です』って言ったって、どこの鈴木かわからない人も多いし」

大まじめに説明する様がおかしく、また噴き出しそうになる。

鈴木は仕込み場所として厨房を借りている、ソウル居酒屋の店主だ。薄くなった髪を無理矢理アフロにし、医者に「血糖値、尿酸値ともに赤信号」と言い渡された太めの体を、サイケな柄のシャツや、細身のフレアパンツに無理矢理押し込んでいる。ソウルミュージックをこよなく愛し、店で流すのもソウルオンリー。加えて面倒見もよく、売れないミュージシャンやダンサーをバイトに雇ったり、店を演奏の場として開放してやったりもしている。

「それに、うちの店の名前には大事な意味があるって何度も説明したろ。『セックス・マシーン』っていうのはJB、つまりジェームス・ブラウンが一九七〇年に発表したアルバムのタイトルなんだよ。JBの代表作って言われてて、そりゃもうファンキーでクールでセクシーで……あれ？　俺、何で隼人くんに電話したんだっけ」

我に返ったように、鈴木は言った。ついに噴き出した隼人には構わず、鈴木は続けた。

「ああ、思い出した。隼人くんたち、今日仕込みに来なかっただろ。友美ちゃんの携帯にかけても全然出ないし、心配になっちゃってさ。何かあったの？」

壁の時計を見上げると午後六時、鈴木が店を開ける時間だ。

「心配かけてすみません。つまんないことでケンカして、友美が出て行っちゃったんですよ。いろいろトラブっちゃって、店も休みました」

「そうだったんだ。大変だな。友美ちゃんて物怖じしないし行動力もあるけど、その分勢いで突っ走って後々《あとあと》収拾つかなくなっちゃう傾向があるからなあ」

「なるほど」

考えてみれば、鈴木ときちんと話すのは初めてだ。友美は彼とどこで知り合い、店の厨房を借りる算段をつけたのだろうか。

「とにかく、早く仲直りしなよ。俺にできることなら何でもするからさ」

「鈴木さん。うちのソースについて知りませんか？」

「ソース？　ハンバーガーとかサンドイッチに使ってるソースのこと？　俺、あれ好きだよ。旨いよな。でもごめん、何も知らない。友美ちゃんとそういう話をしたこともないし」

「じゃあ、OTLはどうですか？　OUT TO LUNCHでもいいです」

「う〜ん、両方何も浮かばないな。役に立てなくてごめん」

「いえ、いいんです。いろいろすみません」

隼人は小さく頭を下げた。その後も、聞いていると疲れるほど熱い激励の言葉をかけ続ける鈴木に礼を言い、店は必ず近いうちに再開すると約束して電話を切った。

いい人だな。ジーンズのポケットに携帯電話を収めながら、隼人は思った。ファッションとネーミングのセンスはどうかと思うが、本気で自分と友美、ONO-ONOのことを心配してくれている。すると、唐突に一つの考えが頭に浮かんだ。

鈴木のセックスマシーン同様、OUT TO LUNCHもどこかの店の名前ということはないだろうか。もちろん店主はジャズ、もしくはOUT TO LUNCHをリリースしたミュージシャンのファンだ。その店で友美は、レシピにも記載できないような特別な食材を仕入れていたのかも知れない。ソースに足りない何かの正体は、それだ。

改めてパソコンでOUT TO LUNCHを検索し、同名の店がないか調べた。収穫はなく、今度は検索対象を自宅と横浜駅周辺にあるジャズバーとカフェ、ライブハウス、楽器店、CDショップに変えた。

3

出来上がったリストを持ち、夜の街に飛び出した。

しかし自宅近辺と横浜駅西口、東口繁華街の一部を回ったところで真夜中を過ぎてしまい、手がかりを得られないままタイムアウトとなった。翌日は午前中から動きだし、東口繁華街、みなとみらい、馬車道《ばしゃみち》と走り回り、「OUT TO LUNCHという店を知りませんか?」と質問をぶつけたが、店員たちは皆首を傾げるか横に振るだけだった。中には「そういう店があったとしても、横浜以外の場所なんじゃないの」と言う人もいた。しかし、コストと鮮度の問題から、友美は食材の仕入れ先を横浜近辺に限定している。自分の読みが正しければ、OUT TO LUNCH は必ずこの街のどこかにある。

その店に辿り着いたのは、夜の九時過ぎだった。伊勢佐木町の繁華街に建つビルの一階に入っているライブハウスだ。古く狭いが、店内はほぼ満員だった。ちょうどライブが始まったところだったため、店員には「そんな店は知らない」と冷たくあしらわれた。仕方なく店を出て、次はどこへいこうかと地図とリストを眺めた。

「ふざけるな!」

しわがれた男の声がした。隣のビルとの間にある通路から聞こえてくる。隼人はビルの壁に身を寄せ、覗き込んだ。

大人一人がやっと通り抜けできるかどうかの狭い通路だ。前方の壁の上に小さな照明が取り付けられ、あちこちペンキの剝げたドアと両脇に並べられた青いポリバケツ、黄色いビールケースを照らしている。ライブハウスの勝手口のようだ。声の主らしき男は、ビールケースの傍らに脚を前に投げ出して座っていた。

「くだらねえもん聴かせやがって。やめちまえ!」

男がまた怒鳴った。どうやら、ドアの上の排気口から漏れ聞こえてくる演奏に文句を言っているらしい。

「ベースがダボつきすぎなんだよ。そんなにテクニックを自慢してえのか。ビートも躍動感も何もありゃしねえ。第一、全然歌ってねえんだよ」

酔っているのか、ろれつが回っていない。足元に空き瓶が転がっているところを見ると、ビールケースに収められた瓶を抜き取り、底にわずかに残ったビールやウイスキーを飲んでいるようだ。

「あの、ジャズにお詳しいんですか？」

恐る恐る近づき、声をかけた。男がどろりと濁った目で隼人を見た。汚れてあちこち破れたコートとズボン、素足にすり減った革靴という格好。伸び放題の髪はカチカチに固まり、垢と埃で汚れ年齢がよくわからない顔の上に覆い被さっている。

「この店はもうダメだ。大衆受けする、ハデでわかりやすい演奏をするバンドばかり入れやがって。昨夜は相生町《あいおいちょう》のバーに行ったけど、あっちもダメだ。ピアノが大袈裟なブロックコードを連発しやがって、ビートの取り方も」

「なるほど。毎晩街のジャズバーやライブハウスを回ってらっしゃるんですね。じゃあ、OUT TO LUNCHって店はご存じないですか？」

「OUT TO LUNCH？」

男が訊き返した。急に目の焦点が合い、光も強まったようだ。

「そうです。ご存じなんですか？」

「お前、あの店に何の用だ？」

「探し物があるんです。どこにあるんですか？　教えて下さい」

「知らねえな、そんな店」

素っ気なく返し、男は右手に摑んでいたウイスキーの瓶をラッパ飲みした。

仕方がない。隼人はコートのポケットに手を伸ばした。

「金で釣ろうったって、そうはいかねえよ」

「じゃあどうすれば」

困惑して呟き、隼人はコートとジーンズのポケットをまさぐった。すると、ジーンズのポケットの中で指先が何かに触れた。引っ張り出すと、幅五センチ、長さ十センチほどの紙片。ONO-ONO のクーポン券だ。

「これどうぞ」

隼人は男の眼前にクーポン券を差し出した。受け取った男は、ぽかんとクーポン券を眺める。

「俺、隼人っていって、横浜駅西口のビブレ前広場にハンバーガーとサンドイッチの店を出してます。そこで使う食材が OUT TO LUNCH にあるらしくて、何が何でも手に入れなきゃいけないんです。この券と引き替えに、店の場所を教えて下さい」

一気に言い、男の目を見た。男は無言のまま隼人の顔を見返している。

「店っていっても小さい屋台なんですけど、味には自信あります。食いに来てもらっても、絶対後悔はさせませんから。約束します」

「『ハワイアンコナビール　100円引き』……生ビールはないのか？」

「用意しときます！」

隼人が力強く返すと煙たそうに鼻を鳴らし、こう続けた。

「野毛町《のげちょう》のはずれの川沿いにある商店街に行ってみな。ただし、何があっても知らねえぞ」

男に礼を言い、通りを西に向かった。しばらくして幅の広い川に出た。桜並木の川沿いの道を進むと、対岸に古びた建物が現れた。

鉄筋二階建てで、川のカーブに沿ってゆるやかな曲線を描きながら細長く伸びている。一階には小さな窓が並び、二階は川に面して手すりが取り付けられ、奥に小さなドアと天井のエアコンの室外機が等間隔で並んでいる。建物の造りは二昔前のアパートだが、ドアの上には蛍光灯が煌々《こうこう》と点《とも》され、脇にはバーやスナックの名を記した派手な看板が見える。暗い川面に蛍光灯と看板の灯りが映り、ゆらゆらと揺れていた。川に浮かぶ巨大な屋形船のようにも見える。

商店街と同じ名前の小さな橋を渡り、建物に近づいた。照明は明るいが、二階の店を出入りする人の姿はなく、通路もがらんとしている。

対岸に渡り、建物の表側に出た。一階は、大きくカーブした狭い通りに沿って三十ほどの店が並んでいる。バーやスナックに混じり、靴屋や電気工事の会社などの看板も見える。通りの向かいにはカプセルホテルや小さな商店が雑然と並び、仕事帰りのサラリーマンのグループに混じり、近隣の住民と思われる老人や若者が行き交っていた。

横浜で暮らし、店も出して一年ちょっと。ここに足を踏み入れたのは初めてだ。川沿いの一帯には街有数の風俗街があり、商店街の先にはヨーロッパの古城を模したと思われる造りのチープで大きなラブホテルが建ち、対岸ではソープランドとファッションヘルスのネオンが光っている。みなとみらいのビル群や赤レンガ倉庫、中華街が街の表の顔だとしたら、ここは裏の顔。決してガイドブックや女性誌の横浜特集号では取り上げられない場所だ。外国人マフィアの縄張りだとか、強盗団のアジトがあるという噂も聞いたことがある。しかし不思議と居心地はよく、拒絶されているような空気も感じない。

看板を眺めながら商店街のはずれまで歩いたが、OUT TO LUNCH はなかった。見ると、建物の脇に小さな階段がある。色の褪せたペパーミントグリーンの床にピンクの手すりという不気味な配色の階段を登り、二階に上った。対岸から見た通り狭い通路があり、片方に店のドアと看板、もう片方に手すり、その向こうは川だ。

看板をチェックしながら通路を進んだ。カラオケの音や談笑する声が漏れ聞こえてくる店もあるが、ドアは閉ざされ窓もなく、中の様子は窺い知れない。三十メートルほど進むと、向かい側から若い男が二人歩いて来た。揃って小柄で痩せた体にハデな色柄のシャツ、その上に一人は革ジャン、もう一人はブルゾンを着込んでいる。はだけたシャツの襟元からは、金のネックレスが覗いていた。肌の色と顔立ちからして東南アジア系の外国人らしい。小声で話しながら歩いてきた二人はすれ違い様、隼人に上目遣いの鋭いまなざしを向けてきた。浅黒くこけた頬と長い睫毛がびっしりと生えた大きな目がアンバランスで、どこか不気味だ。

間もなく、共同トイレの脇に差しかかった。店と店の間の狭いスペースで出入口のドアはなく、薄汚れた白いタイルの壁に男性用の小便器が二つ、奥に個室が一つある。使用中なのか、個室のドアは閉まっていた。横目でちらりと眺め通り過ぎようとすると、低い唸《うな》り声のようなものが聞こえた。ぎょっとして足を止め、隼人は中を覗いた。どすん。重たい音が響き、個室のドアが揺れた。

「どうかしましたか？」

遠慮がちに問いかける。唸り声は大きくなり、ドアが激しく叩かれた。仕方なく近づいてドアを押したが、施錠されていて動かない。

「カギを開けてもらえませんか」

しかし、返ってきたのはますます大きくなった唸り声と、ドアを連打する音だけだった。

「誰か呼んで来ます」

しかし唸り声と音は、やめろと言うように大きくヒステリックになった。

「それどころじゃないんだけどな」

呟き、隼人は腕を伸ばしてドアの上端を摑んだ。体をひねり脚を横に伸ばし、タイルの壁を蹴って弾みをつけ、ドアの上によじ登った。肩で息をし、個室の中を見下ろす。

バラにユリにヒマワリ。種類も色も様々な花が狭い床を覆い尽くし、中央に据えられた洋式便座には男が座っていた。がっちりした体を仕立てのいいダブルのダークスーツに包んでいる。しかし、ズボンとパンツは床に下ろされ、上半身に比べて貧弱な腿と膝が剝き出しになっていた。

男が顔を上げて隼人を見た。歳は五十代後半だろうか。不自然なほど黒々とした髪をオールバックに撫でつけ、幅の広い二重の目は、綺麗にカールした長い睫毛で縁取られている。しかし、口には黒い粘着テープが貼り付けられ、左右の耳の上には、赤いハイビスカスの花が飾られていた。

呆気に取られていると、男は顔をしかめて低い声で唸り、体を捻った。男の腕は後ろに回され両手首を粘着テープでぐるぐる巻きにされた上、銀色のおもちゃの手錠がはめられていた。

パニッシャー。瞬時にその名が頭に浮かんだ。広場の若者たちを騒がせている謎の処刑人。犯行の目印として、被害者におもちゃの手錠をはめていく。

男は両脚を上げ、いら立ったように個室のドアを蹴った。左右の足首にも、粘着テープが巻き付けられている。隼人はドアの縁に手をかけ、体を支えて、用心深く個室の中に降りた。スニーカーの靴底が踏みつけた時の感触とけばけばしい彩色から、床の花はすべてプラスチック製の造花であることがわかった。まず解錠してドアを開けた。身動きできるスペースを確保してから、隼人は男の体の上に屈み込み、口のテープを剝がした。

「大丈夫で——」

声をかける間もなく、男は早口で話し始めた。何を言っているのかさっぱりわからない。イントネーションからして、タイ語かベトナム語だろうか。

「えっ、あの」

戸惑う隼人に、男は大きな目を剝いて話し続ける。取りあえず人を呼ぼうと振り向いた時、出入口からさっきすれ違った二人組が入って来た。とたんに二人は甲高い声を上げて隼人を突き飛ばし、手錠をかけられた男に駆け寄った。手錠の男も興奮した様子で身を乗り出し、三人は大きな声で話し始めた。内容は不明だが、激しい口調と鋭い目つきからアウトローな緊迫感がびんびんと伝わってくる。

「じゃあ、俺はこれで」

隼人は呟き、後ずさりした。すると男の一人、革ジャンを着た方が振り返り、尖った声で何か言った。

「いや、俺は何にもしてないし。むしろこの人を助けたんだけど」

うろたえながらも説明し、後退を続けた。しかし男はますます声を尖らせ、何か捲し立てながら後を追ってくる。革ジャンのポケットに差し込まれた男の右手が、黒い柄のついた大きな折りたたみ式ナイフを取り出すのが見えた。

冗談じゃねえよ。心の中で叫び、踵《きびす》を返し出入口に向かった。すかさず男も何か怒鳴り、追いかけてくる。

狭い通路を必死で走った。後ろから二つの足音と、短く叫び合う声が聞こえる。なんで俺が？　そもそもあいつら何者？　疑問と焦り、恐怖が胸を突く。

ふと、数メートル先のビールケースの上に置かれた観葉植物の鉢植えに気づいた。駆け寄って鉢植えを掴み上げ、革ジャンの男の足元に投げつけた。男は鉢植えに足を取られて転倒し、もう一人も一緒に倒れた。思わず小さくガッツポーズを作り、隼人はさらに走った。通路は川に張り出す形で大きく緩やかにカーブしている。息が上がり、足をもたつかせながらカーブを曲がりきると、突き当たりに階段らしきものが見えた。やった、逃げられる。そう思った瞬間、視界の端を英語の文字がよぎった。反射的に足を止めて振り返る。右手に古ぼけた木製のドアがあった。ちょうど目の高さに、『BAR OUT TO LUNCH members only』と小さな黒い文字で書かれたプレートが貼り付けられている。

肩で息をしながらドアに歩み寄り、ノブを回した。カギがかかっている。ノックをすると、しばらく間をおいてドアが細く開いた。

「うちは会員制ですよ」

男が顔を出し、無表情に告げる。歳は六十代だろうか。大柄ででっぷりと太っている。アクセントからして、この男も外国人だ。縮れた黒い髪と肌、丸みのある目鼻立ちが格闘家になった元横綱力士を彷彿とさせる。

「ここ、OUT TO LUNCHですよね？　探してたんです。街中ずっと走り回って」

「イチゲンサン、お断り」

男は表情を変えずに固い声で返し、ドアを閉めようとした。

「待って下さい」

慌てて手を伸ばしドアの縁を掴んだその時、後方からバタバタという足音と甲高い男の声が聞こえてきた。あの二人組だ。隼人はドアの隙間に顔を突っ込むようにして言った。

「俺、ONO-ONOって屋台やってるんです。友美ってやつと二人で。でもそいつが消えちやって、おまけにソースまで――」

「トモミ？」

「そうです、友美。俺の相方、彼女」

後ろを気にしながら早口で返す。男はドアを引く手を緩めた。

「どうぞ」

「えっ？」

訳がわからないまま店の中に体を滑り込ませ、急いでドアを閉めた。カギをしめ、ドアに耳を押しつける。すぐに二つの足音が近づいて来て、そのまま店の前を通過していった。息をつめ、しばらく様子を窺っていたが、足音が戻ってくる気配はなかった。隼人はほっと息をついて手の甲で額に滲んだ汗をぬぐい、振り返った。

狭く薄暗い店だった。左手に小さなカウンター、右手に古びた木製のテーブルと椅子を並べたボックス席が一つあり、煙草のヤニで黄ばんだ壁と天井にはジャズミュージシャンのポスターがべたべたと貼りつけられている。重低音を効かせ、低く流れているBGMもジャズだ。客はボックス席に二人だけ、白人の若い男だ。二人は隼人にちらりと視線を投げかけただけですぐに目を逸らし、小声で会話を始めた。

「あなた、ハヤトさんでしょう」

カウンターの中で、太った男は言った。ドレスシャツにタックの入った太いパンツというスタイルで、色はどちらも黒だ。

「どうして知ってるんですか？」

訊き返し、カウンターに歩み寄った。男の背後の大きな棚には、古びたレコードがぎっしり詰まっている。

「トモミさんから聞いてます。しょうがない男だって。いい加減で調子がよくて無責任。流行の言葉でいうと、だめ……だめなんだったかな」

「だめんず。流行ったのはかなり前だけど」

むっとして返すと、男は大きく頷いた。

「はいはい。そうです、だめんず。ついに愛想をつかされたんですか？」

言葉遣いは丁寧で口元にも穏やかな笑みをたたえているが、黒目の大きな丸い目には全く表情がない。

「あんた誰？　友美とはどういう関係？　どこで知り合ったの？」

「私はソオ。生まれはハワイのカウアイ島です。十年以上前からここで店をやっています。トモミさんとは友達です。つき合いは短いけど、その分深い」

「どういう意味？」

含みのある言葉と口調に、隼人の声も自然と尖る。ソオと名乗った男はカウンターの上の箱から煙草を抜き取り、厚い唇にくわえてライターで火を点けた。バニラに似た甘い香りが漂う。

「トモミさんに初めて会ったのは去年の春です。ある人の紹介で、この店を訪ねて来ました。『ハワイのサンドイッチとハンバーガーを売る屋台をやりたい。アラエアを譲って欲しい』と言って」

「アラエア？」

「もちろん断りました。以前にも私がカフナの家系の者だと知って、『アラエアを譲って欲しい。金はいくらでも出す』と訪ねて来る日本人はいました。でも、全員追い返した。アラエアは神聖なものです。私たちカフナも、葬式とか子どもが生まれた時とか大切な儀式の時しか使いません。だけど、トモミさんは諦めなかった。何度断ってもまた訪ねて来て、『私はハワイが大好きで、そのスピリットを料理を通じて街のみんなに伝えたい。そのためにはどうしてもアラエアが必要なんだ』と訴えました。目を見て本気だとわかったし、話をしたらハワイの歴史や文化もきちんと勉強しているようでした。だから私は」

「ちょっと待って」

身振りも交え、隼人は男の話を遮った。

「説明してくれるのはすごく嬉しいんだけど、話が全然見えない。ソオさんはハワイの人なんだよね？　アラエアってなに？　カフナって何のこと？」

ソオは煙草を灰皿の上に置き、背中を向けてカウンターの隅に向かった。黒く長い暖簾《のれん》が下げられ、奥には小さな部屋がある。しばらくして戻って来たソオは、テーブルにビニールの包みを置いた。

「これがアラエア」

三ミリから五ミリほどの、白く角張った粒が詰まっている。一瞬「覚醒剤」という言葉が浮かんだが、よく見ると粒はほんのりとピンクだ。調味料、もしくは薬だろうか。

「塩です」

隼人の疑問に答えるように、ソオは言った。

「塩?」

「ハワイでは昔から塩を作ってきました。火山から流れた赤い砂の上に海水を入れて、天日で乾燥したものを手で集めます。手間がかかるし、ほんの少ししか取れない。だから今『ハワイの塩』という名前でスーパーやみやげ物屋で売られているのは、工場で大量生産して赤土で色をつけただけのものです。でも、昔と同じやり方で塩を作っている場所が私の生まれた島にだけ残っています。ただし、ここを使うことが許されるのは、ハワイアンの血が流れている者だけ。採れた塩も街では売りはしません。土地の人間が食べ、私たちカフナが儀式の時に使う」

「儀式ってことは、カフナっていうのはハワイの祈禱《きとう》師か何か?」

「一つの分野に特別な力を持った者、と言えばいいでしょうか。予言者、医者、呪術師。家やカヌーを作る職人の中にもいる。私の一族は代々ハワイの王族に仕えて、儀式や祭りを執り行ってきました」

「ふうん。とにかくアラエアっていうのはこの塩で、友美はあんたを説得して、これを分けてもらってたってことだな」

「はい。『仕入れ先は他言しない』という約束で、私の故郷の村から特別に取り寄せて、売っていました」

「なるほど」

ベースソースのレシピに書き込まれていたのは、塩の仕入れ先だったのだ。『OUT TO LUNCH』を『OTL』と略したのは、他の絵文字の注意事項にまぎれさせ、万が一他人にレシピを見られても、店の存在を知られないようにするためだろう。

「でも、友美はどうしてこの塩にこだわってたんだ？　神聖で貴重なものっていうのはわかるけど」

隼人が首を傾げるとソオは包みを開け、無言で差し出した。数粒をつまみ、隼人はアラエアを口に入れた。しばらく転がすと粒が溶け、舌の上に味が広がった。当然ながら辛い。しかし、同時に甘味と深い風味がある。

「これか」

パズルの最後の一ピースのように、この味はソースに欠けていた何かにぴたりとはまる。

「少し前に来たとき、トモミさんはひどく疲れてるようでした。だから私は『原因はハヤトさんでしょう？　何でそんなどうしようもない男を、見放さずにつき合っているんですか？』と訊きました」

ソオが話しだした。呆然としたまま顔を向けた隼人を、表情のない目でじっと見ている。

「そうしたら、トモミさんは答えました。隼人は、生まれつきいろいろなことへのシード権を与えられているような人。反対に自分は後先考えずに突っ走って失敗するの繰り返しで、敗者復活戦で何とかギリギリ生き残ってきたようなタイプ。だから隼人が羨ましく、憧れる気持ちもある。でも、隼人にも一度は一回戦から闘ってみて欲しい。痛い思いをすることも多いけど、絶対に面白いし、今までとは違う景色が見えるはずだから」

何も答えられなかった。ただ、不思議と嫌な気持ちはしない。友美の言葉も、ソオの吐き出すきつい煙草の香りも、足元から立ちのぼってくる重い疲労感も。

「それで、この塩なんですけど」

恐る恐る切り出すと、ソオは隼人の目の奥を覗き込んで訊ねた。

「欲しいですか？」

「はい。俺、どうしてもソースを完成させたいんです。てか、させなきゃいけないと思う」

背筋を伸ばし、きっぱり答えるとソオは包みをカウンターに置いた。

「オハゲミ下さい」

口元の笑みは崩さず、言葉も穏やかだ。しかし、その眼差しからは何の感情も温度も読み取ることはできなかった。

4

「やっと店を開けたと思ったら、いきなりサボりかよ」

カウンターの向こうでぼやき声がした。顔を上げると、テルがいた。今日はニットキャップを目深に被り、サイズ大きめのスタジアムジャンパーの襟をハデに後ろに抜いて着ている。カウンターに広げていた新聞を片づけ、隼人は笑顔を向けた。

「悪い悪い。いらっしゃい。何にする？」

「ツナサンドとジンジャエール。あと、いつものやつも」

「オニオンリングフライだね？　了解。ちょっと待ってて」

テンポよく応え、手を動かし始めた。

「昨日も一昨日も休みだったし、大丈夫なの？　友美さんだって、まだ復帰してないし」

「大丈夫だって」

「あのさ、俺結構マジで心配してんだぜ。ここで昼飯買って、隼人さんや広場のみんなと話すのが習慣になってるからさ。まあ、どっちもなきゃないでいいんだけど、それはそれでつまんねえっていうか、ほら、調子狂うじゃん」

そっぽ向いて口を尖らせ、落ち着きなく体を動かしながらテルは言った。思わずニキビが浮いた横顔に見入り、隼人は頷いた。

「うん、わかるよ。ありがとう。もう店を休んだりしないから。俺一人になっても、びしっと旨いサンドイッチとハンバーガー作るからさ。これからも顔を見せてよ。よろしくな」

「よろしくなって……ホントに大丈夫かよ。なんか、ますます心配なんだけど」

「そうそう。テルくん、例のパニッシャーについて、なにか聞いてない？」

腕を伸ばし、寸胴鍋を温めるコンロの火を細める。鍋の中には、ソースがたっぷり入っている。昨夜ソオに分けてもらった塩を使い、作ったものだ。

「いや。野毛山動物園の事件の後は、特に聞いてないけど」

「ふうん。そうか」

手を止めず、隼人は呟いた。朝から新聞やニュースをチェックしているが、昨夜あの商店街で出会った一件について触れているものはなかった。あの男たちの風体を考えれば、表沙汰にならないのも当然かと思うが、やはり気になる。小汚《こぎたな》い個室便所の床いっぱいに敷き詰められた色とりどりの造花と、男の手首に光るおもちゃの手錠が今でもありありと目に浮かぶ。

「何で？　隼人さん、パニッシャーに興味あるの？　まさか、友美さんがいなくなったのと関係してるとか」

「いや。別に」

「なんだよそれ。訳わかんね」

テルが立ち去って間もなく、ジーンズのポケットの中で携帯電話が鳴りだした。

「もしもし？」

「あたしだけど」

友美だった。

「よう」

「で、言いたいことは？」

おもむろに、友美は言った。いろいろな思いを押し殺したような、力んだ固い声だ。しばし思いを巡らせた後で、隼人は返した。

「元気か？」

「何よそれ。バカにしてんの？」

「違うよ。本当に友美が元気だといいなと思ったんだ」

「あっそう。なんかもう、相変わらずね。隼人って、一生そのままなんじゃない？」

「多分な。でも、この何日かはキツかったよ。頭も体も同じぐらいにキツかった。あとさ、横浜って面白いな。街とか人とか、この広場も。俺、結構好きかも」

「はあ？　何よいきなり。ごまかそうったって、そうはいかないからね」

「違うって。いろんなところに行って、いろんな人に会ったんだよ。これまでも風景としては目に映ってたけど、やっと脳みそに届いたっていうのかな。感想っていうか、気持ちも一緒に動くようになった」

「あれ、友美さんじゃん」

電話の向こうで、聞き覚えのある声がした。

「あ、テルくん。どうも、こんにちは」

慌てて送話口を押さえる気配があったが、うろたえて上ずった友美の声が漏れ聞こえてくる。隼人は電話を耳に当てたまま、カウンターから身を乗り出した。

「こんなところで何してんだよ。たった今、隼人さんのところで昼飯買って――」

「うん、ちょっとね。いつもお買いあげありがとう。ねえあれ、テルくんの友達じゃない？　こっち見てるよ。早く行かないと」

やり取りを聞きながら、隼人は必死で広場を見回した。間もなく、友美の姿を見つけた。川の対岸、ビブレの玄関に建つ太い柱の脇に立っている。変装しているつもりなのか長い髪をアップにしてニット帽の中に隠しサングラスをかけているが、ダウンコートは出て行った時と同じものだ。

友美はテルを何とかビルの中に向かわせ、改めて携帯電話を耳に当てた。

「もしもし？　それで、どこまで話したんだっけ」

わかりやすく取り乱しながらも、必死に高圧的な口調を保っている。隼人はこみ上げてくる笑いを噛み殺し、広場を行き交う人たちを眺めながら言った。

「あのさ友美。俺は変われないかも知れないけど、でも、今いるこの場所から見える景色とか、人とかを大事にするよ。おいしい思いするにしろ、痛い目見るにしろ、誰かを待ったり委《ゆだ》ねたりしないで、自分の頭と体で受け止める」

「隼人、何かあったの？」

「いや、別に。何もないよ」

静かに返した後、テンションを上げてこう続けた。

「それより、友美に意見を聞かせて欲しいことがあるんだ。メニューに生ビールを入れたいと思うんだけど、どこのメーカーのがいいと思う？」

「生ビール？　この寒いのに？　誰が飲むのよ」

「飲みたいって人がいるんだよ。その人がいつ来てもいいようにね。ああ、あと今度塩の仕入れに行く時は俺も一緒に行くから」

機嫌よく、歌うように答えた。あのジャズマニアの男は、必ず店に来る。昨夜俺が渡したクーポン券を持って。そして、ソオには自分が作ったソースを味見してもらおう。あの表情のない目にも、きっと何かの色が浮かぶはずだ。そう思うと、急に目の前の街が色づき、何かを企んでいるように胸も弾んだ。ほとんど寝ていないので、ハイになっているのかも知れないが、それならそれで構わない。

「塩？　なんでいきなりそんな……ちょっと、どういうこと？　私のいない間に何があったのよ。正直に話しなさい」

「友美こそ、この五日間どこで何してたのか聞かせてくれよ。それよか生ビールだよ、生ビール。缶じゃなく、店で直接入れるって方法もあるんだよな。サーバーって確かレンタルもしてくれるんじゃなかったっけ？　注文しちゃおうかな」

からかうように言うと、友美は柱の脇から飛び出した。

「冗談じゃないわよ！　勝手にそんなことしたら承知しないからね。すぐにそっちに行くから。そのまま動くんじゃないわよ」

サングラスを外し、ニットキャップをむしり取って走りだした。その勢いと迫力に、通行人たちがぎょっとして目を向ける。隼人は自分に向かってまっすぐに駆けてくる友美を見守りながら、送話口に笑顔で話し続けた。

ブリンカー

1

ユカリの前を女が通り過ぎた。歳《とし》は三十二、三。傘をさし、地味だが仕立てのいいスーツ姿。手にエルメスのバーキンを提《さ》げている。想定したターゲットからは外れるが、小雨の降る月曜日の夜。ビブレ前広場は閑散としている。一時間以上粘って、渡せた名刺はたったの二枚。携帯番号とメアドは一つも聞き出せていない。

ビニール傘を手に、ユカリは女の後を追った。

「すみません」

振り向いた女は、警戒を含んだまなざしを向けた。ユカリはベリーショートの髪を鮮やかなオレンジにカラーリングし、右の耳たぶにはピアスを縦並びで三つ光らせている。

「この先のビルに入ってるSplash《スプラッシュ》ってヘアサロンの美容師で、ユカリといいます。いま、カットモデルになってくれる人を捜していて」

モザイクタイルが敷き詰められた地面に傘を置き、右手で名刺を差し出し、左手で広場の脇の商店街を示した。女は名刺を一瞥《いちべつ》して言った。

「私、決めているサロンがあるから」

「どちらですか？」

「元町のet vous《エ・ブー》」

かすかに自慢のニュアンスが感じられる口調。et vousは、横浜でも指折りの高級サロンだ。午後十時を過ぎているが、軽くカラーリングした女の髪は綺麗に巻かれ、化粧も崩れていない。

「そうですか」

「お役に立てなくて、ごめんなさい」

「毛先が少し傷んでますね。癖毛気味だから、綺麗なカールを作るのに苦労してるんじゃないですか」

ユカリの言葉に、立ち去りかけていた女が足を止める。

「髪を小さな束に分けて、こういう風にひねりながらブローすると癖が和らぐし、毛先に自然な感じのカールがつくからお薦めですよ」

女は念入りにアイメイクの施された大きな目で、髪をひねるジェスチャーをするユカリの手元を見ている。

「それ本当？」

「ええ」

「髪にツヤがないような感じがするんだけど、どうしたらいいのかしら。et vous で薦めてもらったスプレーを使っても、いまいち効果がないの」

「それも癖のせいですね。光が乱反射して、ツヤがないように見えるんです。髪質はとてもいいから、気になる部分にストレートパーマをかけるか、癖のタイプに合ったシャンプーを使うといいですよ」

身ぶり手ぶりを交じえ、熱っぽく説明するユカリの顔を、女がじっと見ている。皮膚の薄いユカリの顔は抜けるように白く、黒子《ほくろ》がやや多い。

「そう。今度試してみるわ。ありがとう」

「いえ。それじゃあ」

「あなた……ユカリさんだったかしら。カットモデルって毛先を整える程度でもいいの？」

「もちろんです。当然料金もいただきません。でも、お店を閉めた後なので、今ぐらいの時間からになってしまうんですけど」

勢い込んで説明すると、女は薄く微笑んだ。切れ長二重の大きな目と、先の尖ったシャープな鼻。唇の薄い、やや大きめの口。ぱっと見は冷たそうに見えるが笑顔はあどけなく、どこかはにかんだような印象だ。

「約束はできないけど、気が向いたら行くわ。じゃあね」

軽く手を上げ、女は歩きだした。ほっそりとした長い指の先は、ベージュに控えめのシルバーフレンチを入れたネイルで飾られている。

「よろしければ、お名前を教えていただけますか」

「真悠子《まゆこ》よ」

「真悠子さん。お待ちしてます！」

真悠子はもう一度手を上げ、広場を横切って横浜駅方面に歩き去った。


顔を上げ、オーナールームのドアをノックした。

「どうぞ」

「失礼します」

ドアを開けて一礼した。奥のソファに座っていた長峰《ながみね》が日に焼けた顔を上げ、糸のように細い目でユカリを見た。

「ああ、きみか。こっちに座って。だいたいの話は店長から聞いたけど、改めて説明してもらえるかな」

ユカリが向かいのソファに座ると、長峰は派手な彫金が施されたシルバーリングをはめた指で、箱から煙草を抜き取った。

「十八時にご予約の矢崎《やざき》様で、カットとカラーリングをご希望でした。シャンプー台にご案内して、あれこれお話ししていました。そうしたら矢崎様が『マリファナを、覚醒剤やLSDと同じ麻薬と考えるのはおかしい。政府は早くマリファナを解禁するべきだ』と言い出して、私が『飲酒運転や煙草の吸殻のポイ捨てのルールも守れないような国なのに、解禁したら大変なことになりますよ』って返したら言い合いになってしまったんです。最後には、『見習いのくせに客に意見するなんて、何様のつもりだ。こんな店二度と来ない』って怒鳴って帰られました」

「きみ、少し前にも似たようなトラブルがあったよね？　確かカラーリングのヘルプについた時に、中年の女性を怒らせたんだっけ」

「小野寺《おのでら》様ですね。髪の色のことを言われたんです。『親は何も言わないのか』とか、『息子がそんな頭の恋人を連れてきたら追い返す』とか。でも、そう言う小野寺様が、白髪を紫にしてるんですよ。おかしくないですか」

髪と同じ色に染めた眉をひそめ、主張する。長峰は煙草のけむりを吐き、レザーパンツの脚を組んだ。

「おかしいおかしくないの問題じゃないだろ」

「じゃあ、何の問題なんですか？」

「立場の問題。小野寺様と矢崎様はお客様で、きみは美容師。しかも入店してやっと二年の見習い、雑用係だろ。半人前のくせにお客様に自己主張しようなんて、十年、いや十五年早いんだよ」

面倒臭そうに答え、指先で額にかかった前髪を掻き上げた。毛先を遊ばせた流行《はや》りのニュアンスヘアだが、後ろ髪がアンバランスに長く、しかも毛先にゴールドのメッシュを入れている。

三十代半ばにして横浜・湘南エリアに五店舗のヘアサロンを持つ長峰は、やり手社長兼カリスマ美容師としてマスコミにも度々取り上げられている。確かに腕はいい。センスもある。しかし本人のファッションと言動には、地元・平塚では有名だったというヤンキー時代の面影が色濃く残っている。

「でも」

「とにかく、お客様に口答えは禁止。今度トラブルを起こしたら、辞めてもらうよ。そこんとこ、忘れるなよ」

「そこんとこ」だけ、顎を突き出しヤンキー丸出しの口調で言い、長峰は話を打ち切った。

事務所から店に戻った。三十分ほど前に閉店し、客も先輩美容師たちも帰った後なので、広いフロアはがらんとしていた。中央に楕円形の大きな鏡が背中合わせで置かれ、その前にカットチェアがずらりと並んでいる。コンクリート打ちっ放しの壁には、シャンプー台もセットされている。

フロアを進むと、箒《ほうき》で床を掃いていたアユムが振り返った。

「オーナー、何だって？」

「半人前のくせに自己主張しようなんて、十五年早いんだよ。今度トラブルを起こしたら、辞めてもらうよ。そこんとこ、忘れるなよ」

ユカリが顎を突き出す物まねで答えると、アユムは細い肩を揺らしけらけらと笑った。

「相変わらずキツいわねえ。いかにも平塚の元ヤンって感じ。とにかく、クビになんなくてよかったじゃない。あたし、心配してたんだからね」

眉根を寄せ、おばさん臭い仕草で手のひらを上下に振った。毛先を立てた短い髪をエメラルドグリーンに染め、スリムな体にタイトなシャツを着てジーンズを穿いている。アユムは、ユカリの美容学校時代からの友人だ。小柄細身で彫りが深く、作りのハデなデコレーションケーキのような顔をしている。常時女言葉でかわいいものに目がないが、ゲイではなく、本人曰く「乙女な男子」だそうだ。歳はユカリより五つ上で、美容学校に入る前は別の仕事に就いていたらしい。しかしユカリがその頃の話を訊こうとすると、「それを話すと、地獄のカマの蓋が開くわよ」とはぐらかす。

「あ〜あ。私この仕事に向いてないのかなあ」

ため息まじりにぼやき、ユカリは壁に立てかけてあった箒を手に取った。閉店後の床掃除と鏡磨き、パーマ用のロッドとタオルの洗濯は、見習い美容師の二人に課せられた日課だ。

「そんなことないわよ。あんた、カット上手いしセンスもいいし。ただ接客がねえ。でも、あたしは好きよ。今時珍しいほど融通が利かないところとか、いかにも栄区《さかえ》って感じで。栄えてないのに栄区。森と貯水池とゴルフ場ばっかで、本郷台《ほんごうだい》一つしか駅がない栄区」

「失礼ね。大船《おおふな》駅だって、ホームの半分と笠間口《かさまぐち》は栄区です」

「あら、ごめんね。世間知らずの港北《こうほく》区育ちで。横浜だろうと自由が丘だろうと渋谷だろうと、東横《とうよこ》線で一本でしょ？　なかなか市内の他のエリアに目が向かないのよねえ」

嫌みたらしく言い、アユムはまた肩を揺らして笑った。ユカリはむっとして、それを横目で睨む。

同じ横浜市内出身の二人だが、東急東横線沿線の港北区出身のアユムはＪＲ根岸線沿線の栄区出身のユカリをことあるごとに田舎者扱いする。始めは面食らったが、誰が言いだしたのか世の中には、「横浜カースト」なるヒエラルヒーが存在するらしい。世間の「横浜イメージ」のスポットが集中する中区と横浜駅を擁する西区《にし》を頂点に、渋谷始発でおしゃれ指数の高い私鉄沿線の港北区、都筑《つづき》区、青葉《あおば》区、湾岸エリアに近い鶴見《つるみ》区、神奈川区……と続くらしい。

中区と西区が別格なのはわかるが、その他大勢は所詮郊外の街。競ったところで似たり寄ったり、どんぐりの背比べ、目くそ何とかだ。それ以前に、こういう発想自体、ダサい田舎者の証拠だと思う。しかし、バカにされるとムカつくということは、自分もそのダサい田舎者の一員と認めることで、これまたムカつく。

「とは言ってもさ、性格を根っこから変えるのなんて無理だし、変える必要もないと思うの。取りあえず、もう少し肩の力を抜いてゆる〜い感じでやってみたら？　例えば矢崎さんは、今じゃクラブのＤＪなんかやってるけど、ほんの二、三年前まではガリ勉のいじめられっ子だったんだって。だからワルぶったこと言って、いきがってんのよ。かわいいもんじゃない」

白黒モザイクのビニールタイルが敷かれた床の上を、アユムは細い腰をくねらせ、器用に掃いていく。

「そうなの？」

「そうよ。小野寺さんの場合は、息子さんが何とかいうピンクのツインテールがトレードマークのコスプレの女王様にはまって、会社を辞めて追っかけになっちゃったんだって。だから、髪をハデにカラーリングしてる若い女はとにかく憎たらしく見えちゃうのよ。もちろん、あたしだって嫌みっぽいこと言われたわ」

「すごい。私たちがお客様と直接話せるのは、シャンプーの時だけじゃない。あんな短い時間で、どうやってそこまで訊き出せるの？」

「バカね。そんなことできる訳ないでしょ。床を掃いたり、パーマやカラーリングのヘルプについたりしていろんなブースを回るでしょ？　その時に耳に入ったお客様の話を、覚えておくの。後は、バックヤードで先輩たちがしてる噂話とか」

「なるほどね。同じ仕事をしてるのに、全然気がつかなかった」

ユカリが感心し、アユムは呆れ顔で振り返った。

「当たり前よ。あんたは集中力があるのはいいけど、周りが見えなくなっちゃうんだもん。そういうところがいかにも山出しの田舎娘……やだ、冗談だってば。そんなおっかない目で睨まないでよ。あたしが言いたいのは、あんたは……そうだ、競走馬がレース中によそ見しないように、両目の脇にカバーみたいのつけるじゃない？」

「ブリンカーでしょ。日本語だと、遮眼革《しゃがんかく》とか遮眼帯とか言うみたいだけど」

「あら、そういう名前なの？　よく知ってるわね」

「お兄ちゃんが競馬が好きなの。ブリンカーがどうしたの？」

「あんたって、良くも悪くもそのブリンカーをつけてるみたいな感じなのよね」

きゃははと笑い、大きく薄い手のひらでユカリの背中を叩いた。

「ちょっと、はげましたいの？　ヘコませたいの？　私だって、今のままじゃダメだってわかってるの。だからいろいろチャレンジしてるじゃない」

「たとえば？」

「ふだん聴かないジャンルの音楽を聴くとか、敬遠してたタイプの雑誌を読むとか。後はそう、カットモデルをスカウトする時、ここの客層とは違う人に声をかけてみたり」

「ああ、例のコンサバ系のお姉様ね。真悠子さんだっけ？　まあ、努力は認めるわよ。だけど、十日以上経つのに来る気配はないし、連絡もないんでしょ？」

「まあね。でも、手応えはあったのよ」

「無理無理。et vous の顧客でエルメスのバーキンを普段遣いにしてるような女が、うちみたいな繁華街のど真ん中、上が居酒屋で下が韓国エステの雑居ビルに入ってるような美容院に来ると思う？……そうそう、あんた知ってる？　居酒屋のバイトくんから聞いたんだけど、このビル、夜十時過ぎると幽霊が出るらしいわよ」

声を潜《ひそ》め、手を胸の前に垂らすというベタなポーズを取った。

「またまたぁ」

二人の背後で、出入口のドアが開いた。短く叫び、手を取り合って振り返る。真悠子が立っていた。黒いパンツスーツにシワ一つない白いシャツを着て、右手にエルメスのバーキンを提げている。

「こんばんは」

巻き髪の毛先を指で整え、優雅に微笑みかけてきた。

ビブレ一階のコーヒーショップに入り、ユカリはレジカウンターでコーヒーを買った。カップを載せたトレイを運び、窓際の席に座る。ガラス越しに鉄のフェンスで囲まれた汚れた大きな川と、ビブレ前広場が見えた。平日のランチタイム終了後なので人は少なめだが、テイッシュやビラ配りの若者やキャッチ商法のセールスマン、何をするでもなくたむろするストリートファッションの少年少女などの姿が見える。出入口手前の路上にはワゴンを改造したハンバーガーの屋台があり、店主の若いカップルが店じまいの準備をしていた。

コーヒーを二口すったところで、真悠子が現れた。タイトなシルエットのパンツスーツにハイヒールというスタイルで広場を横切り、近づいて来る。背筋をぴんと伸ばし、迷いなく歩を進める姿にはオーラがある。ホスト風のセールスマンも、視線で追いかけながらも声をかけるのを躊躇《ちゅうちょ》している。

「休みの日に、わざわざごめんね」

ユカリの姿を見つけ、ヒールを鳴らして駆け寄って来た。火曜日が Splash の定休日だ。

「いえ。こちらこそ、お忙しい時にすみません」

「取りあえず、コーヒーを買ってくるわね」

間もなく真悠子がカップの載ったトレイを抱えて戻って来た。ユカリはトートバッグから高さ十五センチほどのプラスチックボトルとチューブを出し、テーブルに置いた。

「この間お話しした、シャンプーとコンディショナーです。多分真悠子さんの髪質に合うと思うので、使ってみて下さい」

「ありがとう。いくらかしら？」

「代金は結構です。いつもご馳走になってますから。お礼をさせて下さい」

「でも」

「社販で割引になるし、ホントに大丈夫ですから。私には、これぐらいしかできないし」

早口で訴えると真悠子は納得したように頷《うなず》き、グッチの財布を閉じた。

「わかった。じゃあ、遠慮なくいただくわね。でも、お礼を言わなきゃならないのは私の方よ。ユカリちゃんのお陰で、このところすごくコンディションがいいの」

「本当ですか？　よかった」

知らず声がはずむ。真悠子はフレンチネイルの指先で、巻き髪の先をつまんでいる。

真悠子がSplashに来店してから、ひと月ほど経っていた。ユカリに教えられた通りにブローをしたら、髪のまとまりがよくなったのでカットモデルを引き受ける気になったという。カットをしながら話を聞いたところ、真悠子は三十二歳。都内の大手商社でＯＬをしていたが二年前に退職し、学生時代からの親友と小さな会社を立ち上げた。インターネットの会員制ロコミサイトの運営会社で、横浜で働く女性のためにグルメや美容、習い事、転職や育児などの情報を提供しているそうだ。会社はビブレ裏手のオフィス街にあり、登録会員と広告クライアントも日を追うごとに増え、順調に業績を伸ばしているという。女性誌やテレビのビジネス番組の取材がいつ来てもおかしくない経歴と美貌だが、気取らずサバサバとしたキャラクターで、十歳以上年下のユカリともすぐに打ち解けた。以来、時々メールを交換したり、食事に行ったりしている。

「お仕事の資料ですか？」

傍らの椅子を指して、ユカリは訊ねた。いつもの黒いバーキンの脇にコンビニのレジ袋が置かれている。袋は膨らみ、口の部分から小さな紙箱がいくつかのぞいている。

「これ？　ええ。そうなの」

はにかんだように答え、真悠子は紙箱を袋に押し込んだ。

「食玩《しょくがん》ってやつですよね。それは確か、『快晴戦隊シャイニングマン』の携帯ストラップ。二十年ぐらい前に放送された、戦隊ヒーローもののドラマなんでしょう？」

半透明のポリエチレン越しに、パッケージを眺めた。全身に赤とオレンジの稲妻模様が走り、頭の後ろに炎をイメージしたらしいギザギザの飾りをつけたキャラクターが、ポーズを取っている写真がプリントされている。

「そうそう。よく知ってるわね」

「テレビで見ました。すごい人気でコンビニの棚に並ぶと、すぐに売り切れちゃうそうですね。でも、夢中になってるのは中年のおじさんて聞きましたけど」

「念のためにね。流行り物は何でもチェックするようにしてるの。何にいつ火がつくか、わからないでしょう」

「なるほど。さすが真悠子さん、常にアンテナを張りめぐらしてるんですね」

大きく頷き、羨望の眼差しを向ける。真悠子は薄く微笑み、コーヒーを飲んだ。

「ところでユカリちゃん、今日はこの後どうするの？　デートとか？」

「まさか。私いま、彼氏いないんです」

「そうなの？　てっきり、アユムくんとつき合ってると思ってたわ。すごく仲良しじゃない」

「やめて下さいよ。確かに仲はいいけど、アユムとはお互いそういう対象じゃないっていうか」

「あらでも、アユムくんって乙女だけどゲイじゃないんでしょ。ユカリちゃんが思い込んでるだけで、向こうの気持ちはわからないわよ。端《はた》から見てると、かわいらしくてお似合いのカップルだし」

「ないない。ありえませんって。勘弁して下さい」

苦笑いで、首と手のひらを大きく横に振る。

「そうかしら。ひょっとしてユカリちゃん、理想がめちゃめちゃ高いんじゃない？」

「そんなことないですよ。時々いいなと思う人は現れるんですけど、先にあれこれ考えちゃうんですよね」

「あれこれって？」

「この人とつき合ったら、こういう風にデートをして、初めてのキスはこんな感じで、エッチはこうで、きっとこういうことで上手くいかなくなって別れる、みたいな」

「ああ、わかるわかる。それでぐったりして、『もういいや』ってなっちゃうんでしょう」

「なんでわかるんですか？」

驚くと、真悠子はいたずらっぽく笑った。

「さあ。なんででしょう」

「真悠子さんこそ、どうなんですか。彼氏いるんでしょう？」

「いるといえばいるけど」

急に口ごもり、カップを口に運んだ。

「どんな人？　仕事で知り合ったんですか？　それとも学生時代からのつき合いとか？」

「仕事仲間よ。向こうも小さな会社を経営してるの」

「すご〜い。公私ともにいいパートナーって感じですね。きっとカッコいい人なんだろうな。年上でしょう？」

「まあね」

「やっぱり。物静かで背が高くて、すごくおしゃれな人じゃないですか？　あと、手が綺麗で声が渋い。絶対そう。ていうか、そうじゃなきゃダメ」

身を乗り出して捲《まく》し立《た》てる。真悠子は苦笑した。

「ユカリちゃん。私のために、そんなに妄想を膨らませて突っ走らなくていいから。アユムくんにブリンカーって言われたんでしょ。ホント、そんな感じよ」

「やめて下さいよ。気にしてるんですから。彼の写真とか持ってないんですか？　見せて下さいよ」

テーブルの上の携帯電話を指して促したが、真悠子は、

「ダメ」

と子どもっぽい口調で拒み、電話をジャケットのポケットにしまった。

2

「だ・か・ら〜。ババアになると、髪質も変わるの」

アユムの芝居がかったトークに、女たちはどっと沸いた。

「高校生の頃と同じスキンケアはしてないでしょ？　髪も一緒よ。年齢に応じた手入れをしてあげなきゃ」

「確かにそうよね」

胸元にレースをあしらったブラウスを着た女が、相槌を打った。他の女たちも頷いたり、相槌を打ったりしている。すかさず、アユムはジーンズのヒップポケットから名刺を出した。

「詳しいことはお店でね。いつでも連絡して。何でも相談に乗るし、絶対に似合う髪型を探してあげる。じゃあね。夜遊びもいいけど、変な男に引っかかるんじゃないわよ。そういう

あたしが一番変だって？　おだまり！　ふんづけてやる」

行き交う人が振り向くほど豪快なノリツッコミをかます。女たちはさらに沸き、手を振って歩き去った。

戻ってきたアユムに、ユカリは訊ねた。

「お疲れ様。いつもながらやるわね。声をかけ始めてから、何枚名刺を受け取ってもらえた？　ゲットしたメアドは？」

「名刺は二十枚、メアドは五、六人てとこかな。ま、そのうち八割は来店させる自信あるけどね」

「すごいなあ。私なんて収穫ゼロよ。せっかく金曜日の夜なのに」

ため息をつき、広場に目を向けた。繁華街から駅に向かう人の流れが多くなった。壁際のコーナーでは、ストリートミュージシャンやダンサー、お笑い芸人の卵たちがパフォーマンスを披露し、ギャラリーも集まっている。

「まあね。こういう時、オカマキャラって便利なのよ。同性に言われたらキズついたり頭にくることでも、あたしなら『ま、いいか』って気になるでしょ。ヘアメイクとかスタイリストにカマっぽいのが多いのって、そういう理由もあるんじゃないかしら」

「なるほどね」

「あんたも何かキャラクターを見つけるか作るかしたら？　まあでも、暴走系ブリンカーじや怖すぎるか。ＳＦアクション映画の悪役みたいだもんね」

「悪かったわね」

からからと笑うアユムを横目で睨みつけた時、声が上がった。

「パニッシャーが出たぞ！」

オーバーサイズのパーカにジーンズ姿の若い男が、駆け込んで来た。

「マジで⁉」

川沿いのフェンスの前に座り込んでいた少年たちが、一斉に立ち上がる。

「マジマジ。パルナードのカラオケボックスだって」

「行こうぜ！」

少年たちは走りだし、数名の若者が後を追った。

「見に行こうよ。あたし、パニッシャーのファンなの」

「やだ。事件に巻き込まれたらどうするの」

「じゃあ、一人で行ってくる。すぐ戻るから」

言い残し、アユムは駆けだした。

半年ほど前から、横浜の街のあちこちで謎めいた事件が起きていた。被害者は不良少年、主婦、ホストと職業、年齢、性別ともバラバラ。失神させられて拉致され公園や動物園などに運ばれ、数時間後に発見されるというパターンが多く、ケガはないが、意図不明の笑える、被害者にとっては屈辱的なポーズを取らされているのが特徴だ。さらに、必ず手首にアルミ製のおもちゃの手錠がはめられている。必死の捜査にもかかわらず警察は容疑者さえ見つけることができず、犯人はいつしかパニッシャーと呼ばれるようになった。

呆れてアユムの背中を見送っていると、視界の端に見覚えのある顔が現れた。真悠子だ。明るいグレーのワンピーススーツにパンプス、手にはバーキンというスタイルで歩いている。

「真悠子さん」

「ああ、ユカリちゃん。何してるの？」

「カットモデルのスカウトです。真悠子さんはお仕事ですか？　遅くまで大変ですね」

「うん、まあね」

どこかぎこちなく、浮かべた笑みも引きつっている。

「どうかしたんですか？　顔色がよくないですよ」

「そう？　少し酔ったのかしら。さっきまで知り合いと飲んでたの。でも、大丈夫よ。心配してくれてありがとう。じゃあまたね」

踏み出した足がふらつき、ユカリは慌てて真悠子の肩を支えた。

「大丈夫ですか？」

返事はなかった。薄い肩が小刻みに震えている。

「病院に行った方がいいかしら。そうだ。アユムを呼び戻して」

「ユカリちゃん。私、とんでもないことしちゃった」

俯いたまま、ぽつりと言った。

「とんでもないこと？　取りあえず少し休んだ方がいいですよ。どこかに入りましょう」

二人でビブレ一階のコーヒーショップに入った。閉店間際だが混雑していて、壁際のカウンター席しか空いていなかった。

湯気の立つコーヒーを一口すすり、真悠子は細い声で呟いた。

「おいしい」

「とんでもないことって何ですか？　私で役に立てることなら何でもしますから、言って下さい」

「ありがとう。でも、このコーヒーだけで十分よ」

「そんなこと言わないで。話すだけでも楽になるってことあるでしょう。誰にも言わないって、約束しますから」

すがるような目を向けると、真悠子は息をつき、小さく笑った。火曜日に会った時より明らかにやつれ、髪の巻き方も雑だ。

「まあいいか。もう手遅れだし。この間会った時に、私の彼の話をしたでしょう」

「はい」

「本牧《ほんもく》で小さなWEBデザインの会社を経営してるの。だけど最近仕事が思うように入らなくて、運転資金を消費者金融から借りるようになった。私も出来る範囲で融通してたんだけど、それも限界にきて、一昨日、『借金を返すために、お前の会社の会員データを売りたい。パソコンからコピーして渡してくれないか』って頭を下げられたの。それで」

「渡しちゃったんですか⁉」

「きっぱり断ったのよ。でも、『金曜日中にお金を用意しないと、自宅に取り立て屋が来る。娘に知られたり、怖い思いをさせたくない』って泣きつかれちゃって」

「娘⁉ てことは、不倫？」

「ユカリちゃんもいずれわかるわよ。私ぐらいの歳でいい男とつき合おうと思ったら、もれなく妻子持ち。運がよくても、バツイチなんだから」

「だからって……それはともかく、会員のデータを売るって犯罪ですよね？」

「もちろん。氏名、住所に電話番号、職業。いつどんな内容をサイトに書き込んだかまで、丸わかりだもの」

「そんなのダメです」

ユカリはスツールから飛び降りた。

「そう。ダメ。データが悪用されて、ことが公《おおやけ》になったら間違いなく私も会社もおしまいね」

「じゃなくて、そんなの真悠子さんらしくない。絶対にダメです。そのデータは今どこにあるんですか？」

「フラッシュメモリにコピーして、さっき彼に渡しちゃったわ。たぶん、今晩中に業者に渡すんじゃないかしら」

「業者って？」

「さあ。よくわからないけど、名簿屋みたいな、個人情報を売買するブローカーらしいわよ」

「どこで？」

「本牧のバー。埠頭の近くで、エキゾチックないい雰囲気の店なの。ユカリちゃんもいつか連れて行ってあげたいなと思ってたんだけど――」

最後まで聞かず、ユカリはバッグを抱えて走りだした。背後で真悠子が何か叫び、椅子の倒れる音もした。

広場に飛び出して間もなく、アユムに会った。若い男と一緒だ。

「ちょっと、どこに行ってたのよ。捜したんだから。ねえねえ、さっきのあれ、この子にも見せてやってよ」

促され、隣の若い男は手にした携帯電話の液晶画面を突き出した。ぼさぼさの髪に太めの体、左胸にカラオケボックスのロゴマークがプリントされたナイロンブルゾンを着ている。いつも広場で、カラオケボックスの割引券を配っている男だ。

「何これ」

小さな画面いっぱいに、男の顔があった。歳は二十代半ば。ワイシャツにネクタイをしめている。顔全体を鮮やかな黄色の塗料で塗られ、閉じた両目の上に大きな目が白く描かれていた。半月を縦に引き延ばしたような形で、黒目は左斜め下を向いている。唇の上には、白と黒の塗料で左右の口角を上げて微笑むキュートな口も描かれていた。さらに顔が出るようにくりぬかれた黄色い星形のスポンジをはめられ、頭頂部には正面に星印と『B』の刺繍が施された青い野球帽を載せられている。

「これってホッシー？　横浜ベイスターズのマスコットキャラクターの」

男はこくりと頷いた。

「そうそう、そうなのよ。利用時間を過ぎてるのに何度電話しても出ない客がいるから、この子とバイト仲間が部屋に様子を見に行ったんだって。そしたら、写真の男が泥酔状態でソファに正座させられてたらしいの。しかも、カラオケの機械からは横浜ベイスターズの応援歌が大音量で流れてたんでしょ？」

男がまた頷く。

「本当にパニッシャーの仕業なの？　酔っぱらいの悪ふざけなんじゃないの」

男はぶるぶると首を横に振り、親指で携帯を操作したのち再びモニターをユカリに見せた。引きで撮影したショットらしい。ペパーミントグリーンのビニールソファの上に、男がぐにやりと正座している。腿の上に揃えた両の手首には、銀色の手錠がはめられていた。

「ね、間違いないでしょ？　ケガとかはしてないみたいだけど、いま、店に警察が来て、野次馬も押し寄せて大変なことになってるわよ」

「なんでもいいけど、私、これから本牧に行くから」

「本牧？　こんな時間に何しに？」

「とにかく行くから。じゃあね」

「ちょっと、何よそれ。待ちなさいよ」

再び駆けだした背中を、アユムの鼻にかかった甲高い声が追ってきた。構わず、ユカリは大通りに向かった。

3

本牧通りのサティ前で、タクシーを降りた。広い敷地に、白い鉄筋のビルが建っている。

この辺りは一九八〇年代後半に米軍接収地の跡地を再開発し、レストラン、ショップ、映画館、フィットネスクラブ、ホテルなどを擁する巨大複合ショッピングセンターが建設された。しかし、バブル崩壊とともに来場者は激減。さらに経営母体である総合小売業者が倒産し、センター内のテナントも、閉店や取り壊しが相次いでいる。

「こんなところで降りてどうするのよ。真悠子さんは、『埠頭の近くでエキゾチックな雰囲気のいい店』って言ったのよ」

海の方向を指し、ユカリは訊ねた。

ショッピングセンターの中心である、スーパーマーケットの前の広場に来ていた。白いタイル張りの地面に背の高い時計台が建ち、木製のテーブルと椅子が置かれている。隅のスロープでスケートボードに興じている若者が数人いるだけで、人通りはない。

「そんなアバウトな情報で、見つかると思ってんの？　あ〜、やだやだ。これだから根岸線の田舎者は。横浜線経由で、八王子まで行っておしまい」

毛抜きとハサミで整えられた上、アイブロウで薄化粧まで施された眉をひそめ、アユムは返した。根岸線とは、ユカリが暮らす栄区を走るＪＲの名前だ。

「悪かったわね」

「店の名前がわかったところで、真悠子さんの彼氏とやらの顔と名前もわかんないんでしょ。どうやって探すのよ。まったく、ブリンカーにもほどがあるっていうの」

「うるさいなあ。勝手について来ておいて、文句言わないでよ」

ユカリがタクシーを拾うと、アユムは当然のように隣に乗り込んで来た。その上本牧に向かう道々、いつもの強引さで真悠子から聞いた話を白状させてしまった。

「万が一店と彼氏が見つかったとして、どうすんのよ。説教でもするつもり？」

「わかんないけど、とにかくこんなのダメよ。真悠子さんらしくない」

「データを渡したらどうなるか、わかった上のことなんでしょ。だったらいいじゃん。まあでも、このままじゃあんたも引っ込みがつかないだろうし、捜すだけ捜してみましょ。ああいう絵に描いたようなバリキャリ女にそこまでさせる男がどんなか、あたしも興味あるし」

肩を揺らして笑い、歩き始めた。ユカリも後を追う。

「ねえ、きみたち地元の子？」

アユムはスケートボードをする若者に声をかけた。男三人で、オーバーサイズのTシャツにジーンズやハーフパンツを着て、頭に野球帽やニットキャップをかぶっている。

「そうだけど」

地面に座り込み、煙草を吸っていた一人が答えた。街灯を受け、小鼻のピアスが光る。

「バーを探してるの。埠頭の近くで、エキゾチックでしゃれた店らしいんだけど。多分照明は暗めで、ジャズとか流れてる系。知らない？」

「知らねえ」

ぶっきらぼうに返し、男は煙草をふかした。歳はユカリより少し下、高校生だろう。

「冷たいこと言わないで。人助けだと思って。お願い」

「だってホントに知らねえもん。お前らは？」

男が問いかけると、他の二人も首を横に振った。スケートボードに片足をかけ、アユムとユカリを怪訝《けげん》そうに眺めている。

「じゃあさ、知ってそうな友達いない？　ちょっと訊いてみてよ。もちろん、タダとは言わないわよ。あたしたち、横浜西口のヘアサロンの美容師なの。よければ今度店に来て。カットでもカラーリングでも、特別割引で——」

「俺ら、必要ないんだよね」

男はニットキャップを脱いだ。形のいい小さな頭を五分刈りにしている。

「あら」

面食らい、アユムは他の二人に視線を向けた。待っていたように二人も野球帽とニットキャップを脱ぐ。皆同じような坊主頭だ。

呆然としているアユムに男は、

「そういうことだから」

と薄笑いを浮かべて告げ、他の二人もスケートボードを再開しようとした。

「ねえ。それ、あなたたちのチームのマーク？」

ユカリが口を開くと、男たちは再び足を止め振り返った。ユカリの視線は、煙草を吸う男の傍らに裏返して置かれたスケートボードに注がれている。細長い板の前後に小さなタイヤが取り付けられ、全面にうねる黒いラインを組み合わせたイラストが描かれていた。他の二人のボードにも、同じイラストがプリントされたステッカーが貼られている。

「ああ。俺がデザインしたんだぜ」

自慢げに答え、煙草の男はスケートボードを撫でた。

「カッコいいね。それ、タトゥーの柄でよく見るわよね。トライバルって言うんでしょ」

「そうそう。よく知ってるじゃん」

「せっかくデザインしたなら、もっとインパクトのある使い方をしたくない？　例えば、髪型とか」

「髪型？　このマークを？　ありえねえだろ、そんなの」

「それがありえるの」

ユカリはバッグから、プラスチックのファイルを取り出した。自分がカットした客の写真や、雑誌などから切り抜いたヘアスタイルの資料が収められている。

「ほら、これ」

素早くページを捲《めく》って突き出すと、男たちが集まってきた。背後からアユムも覗き込む。

広げられたページには、雑誌の切り抜きが収められていた。若い男性モデルの頭を後ろと横から撮影した写真で、どちらも三分刈りの坊主頭。ところどころをさらに短く刈り込んで白く細いラインを走らせ、もみ上げの上から後頭部全体に、複雑なトライバルマークを描いている。

「すげえな。こんなこと出来るの？」

煙草の男が声を上げた。残りの二人も、目を輝かせて写真に見入っている。

「バリカンアート、略してバリアートっていうスタイルよ。こういうイラストとか文字とか、何でも好きなものを頭に描けるの」

「えっ、じゃあこのマークと同じ髪型にしてくれんの？　タダで？」

「私たちの頼みを聞いてくれたらね」

頷き、アユムを振り返る。

「そういうこと」

余裕綽々《しゃくしゃく》といった笑みで同調した後、アユムは眉根を寄せた。ユカリに視線で、「そんなこと言っちゃって、どうすんのよ」と訴えてくる。話したことは嘘ではないが、バリアートは幅の狭いバリカンなど専用の道具と特殊技術が必要なハイレベルなカットで、ユカリはもちろん、アユムも経験がない。

仕方がないでしょ。その時はその時よ。ユカリも視線で返し、男たちに向き直った。

「いいよ。でもさ、人に訊くほどのことないぜ。この辺で夜遅くまで開いてるバーなんて、二軒ぐらいしかねえもん」

「そうなの？」

「もっと栄えてた頃は、それなりにあったらしいけど。でも、どっちの店も俺らは行ったことないから。違ってても文句言うなよな。ちゃんと約束守れよ」

「わかったわかった」

ユカリが頷くと、男は煙草を地面に押しつけ腰を上げた。

最初の一軒は、広場から徒歩十分ほどの場所にあった。広い通りに面し、背後には似たような大きさと高さの団地の建物が並び、窓に灯りを点している。再開発が進んでいるらしく、周囲には建設途中のマンションや広い駐車場を備えた大型スーパーマーケットなども目立つ。産業道路が近いので、車の通りは絶えないが、大型のダンプカーやトラックばかりで通行人の姿もない。

「え〜っ、ここ?」

店を見上げ、アユムは非難がましい声を上げた。排気ガスでうっすら黒ずんだ白い板張りの小さな建物だ。壁にはヨットの形のネオン管が輝き、ぼろぼろのサーフボードもたてかけられている。

「エキゾチックでも、いい雰囲気でもないじゃない。どっちかっていうと、時代遅れチックで寒い雰囲気」

「いいから。行くわよ」

短い階段を上がり、ユカリは四角く大きなドアノブを押した。とたんに、カラオケの音楽と調子外れな男の歌声が流れてきた。

「いらっしゃいませ」

カウンターの中から、化粧の濃い中年女が微笑みかけてきた。スツールに座った数人の客が、ユカリたちに視線を向ける。中年男が多く、皆ジャージやトレーナーなど部屋着のような格好だ。床には赤い絨毯が敷かれ、反対側の壁際にはビニールレザーのソファセットが置かれていた。

「あら、ごめんなさ～い。お店を間違えちゃったみたい。失礼しました」

口に手を当ててたおやかに一礼し、アユムはドアを閉めた。

「ちょっと、まだわからないでしょ。どうして閉めるのよ」

「ここのはずないでしょ。どこからどう見てもバーじゃなくスナック、客は団地の住人ばっかりだわ。こんな店にあの真悠子さんが来る、ましてや不倫相手と密談なんかするはずないじゃない。ほら、次に行くわよ」

アユムはすたすたと歩き始めた。通りをさらに奥、埠頭の方向へ進んだ。歩道が狭くなり、車道が広く車の通りも増えていく。10トントラックや工事用のクレーンを載せた車両が走り抜ける度に足下のアスファルトに振動が伝わり、潮の香りをはらんだ強風が吹き付けた。

間もなく、それらしき店は見つかった。というより、周囲は倉庫や雑居ビルばかりで商店や飲食店自体、他には見あたらない。

「ふうん。いいじゃない」

鉄筋平屋建ての、四角く横に長い建物だ。外壁は白いガラス張り、通りに面して大きな窓がある。ぱっと見はファミレス風だが、古びたタイル張りの外壁や、玄関上に掲げられた筆記体英語の赤いネオン管看板が、適度にくたびれて周囲の殺伐とした風景に溶け込んでいる。通りに出された看板や、壁の案内表示もすべて英語。確かにエキゾチックでいい雰囲気だ。しかし、店内は暗く様子がわからない。

「まあね。でも、ちょっと入りづらそう」

「そお？　東神奈川あたりの米軍施設の近くにいけば、こんな感じの古いバーがあるわよ。まあ、栄区の田舎者じゃビビるのも仕方がないかもだけど」

「別にビビってなんかいないわよ」

むっとして言い返し、ユカリはガラスのドアを押して店内に進んだ。

薄暗く、がらんと広い。右手に赤いテーブルクロスをかけ、ガラスの器に入った小さなキャンドルが置かれたテーブル席。隣のコーナーにバーカウンター。奥にビリヤード台が数卓置かれている。

「いらっしゃいませ」

店員の中年女が歩み寄ってきた。細身で日焼けをし、太めのアイラインとマスカラで目元を黒々と飾ったメイクをしている。見晴らしのいい出入口近くのテーブルを選び、座った。飲み物を注文し、店員が立ち去ると改めて店内を見回した。とにかく暗いのでよくわからないが、客の大半は外国人だ。スーツ姿のグループから革ジャンにジーンズのカップルまでさまざまで、大声の英語で喋ったり笑ったり、ビリヤードのキューを握ったりしている。壁際には、大きなピンボールマシーンも数台置かれていた。アメリカ映画で、こんな造りのバーをよく見る。

「ここね。間違いない」

運ばれてきたビールを一口飲み、アユムは断言した。ユカリもアイスティーを飲み、頷く。想像していたより雑然として騒々しいが、その方が人目を忍ぶ関係や話題には便利なのかも知れない。

「で、相手の男ってどんな感じなんだっけ?」

「小さなWEBデザインの会社の社長で、真悠子さんより年上だって。きっとカッコよくておしゃれな人よ。あと声が渋くて、手がほっそりして綺麗なの」

「妄想炸裂ね」

呆れ顔で、アユムはまたビールを飲んだ。ユカリもアイスティーのグラスを手に目をこらし、客たちの顔を眺めた。

「あの人とかどう?」

遠慮がちに示した方向に、アユムが目を向ける。

バーカウンターの隅に男が一人で座り、携帯電話を弄《いじ》っている。東洋人だ。歳は四十代前半。細身長身の体をダークスーツに包み、ワイシャツの襟元はノーネクタイ、ボタンを二つ目まで開けている。面長で端正な目鼻立ちで、胡散臭くない程度に日焼けをしている。横に細長い縁なしメガネも、よく似合っていた。傍らの椅子には、アルミのアタッシェケースが置かれている。

「絵に描いたようなＩＴ男。むしろ、ＩＴ男のコスプレって感じ。イケメンだけど、おしゃれかって言われたら微妙」

「誰がファッションチェックを頼んだのよ。ちょっと声をかけてみる」

ユカリは立ち上がり、アユムも後に続いた。

「あのう、真悠子さんの彼氏さんですか？」

単刀直入に声をかけると、男は顔を上げた。携帯電話のボタンを押す指は長くほっそりとして、爪の手入れも行き届いている。

「私、ユカリって言います。美容師なんですけど、真悠子さんにはいつも可愛がっていただいてて」

返事はなかった。携帯電話を摑んだまま、戸惑いと警戒の入り交じった眼差しでユカリを見ている。

「それでさっき偶然、あなたの借金と会員データのことを聞いちゃって、どうしても放っておけなくて――」

声のトーンを落とし、耳に顔を近づけると、男は驚いたように身を引いて何か言った。予想通り、低く静かないい声だったが意味はわからない。

「は?」

「I am a Korean. I can't speak Japanese」

困り顔になった男は、言葉を少し訛りのある英語に代え、答えた。

「えっ。真悠子さんて韓流ファン?」

意味不明のリアクションと共に、アユムが男とユカリの顔を交互に見る。

たどたどしい英語で男に詫びを言い、テーブルに戻った。

「ひょっとして、この店じゃないのかも」

「でも、このあたりに他に店なんてないじゃない」

「目立たない場所にあるのかも。それにさっきの男の子たち、ファストフードの店とかコンビニには詳しそうだけど、バーなんて縁がなさそうじゃない」

携帯電話の着メロが流れだした。窓際のテーブルに座った東洋人の男が、慌てたようにチノパンのポケットから携帯電話を取り出す。

「今の着メロ、懐かしいわね」

「そうなの? なんて曲?」

「『快晴戦隊シャイニングマン』のテーマ。あたしが幼稚園ぐらいの頃に流行った、戦隊ヒーロードラマよ」

「それなら知ってる。最近、食玩が発売されてすごく売れてるんでしょ」

何気なく男に向けた視線が、そのままフリーズした。歳は三十代半ば、小柄小太りで変な配色のチェックのシャツを着ている。肉がみっしりついた手で携帯電話をつかみ、背中を丸めるようにしてぼそぼそと話している。

「何よ、どうかしたの？」

「あのストラップ、シャイニングマンよね？」

ユカリの言葉にアユムは目をこらし、テーブルから身を乗り出した。携帯電話の黒いボディの脇に垂れる青いストラップを、キャンドルの灯りが照らしている。ストラップの先端にぶら下がっているのは、全身に赤とオレンジの稲妻模様が走り、頭の後ろに赤いギザギザ状の炎の飾りをつけたキャラクターだ。

「本当だわ。よく気がついたわね」

「少し前に、真悠子さんが持ってたのよ」

「ふうん。あれ、真悠子さんからのプレゼントだったりして」

「冗談でしょ。あんなオタク臭いおじさん、ありえない」

「でも、ああいうタイプって案外熱烈なマニアがいたりするのよ」

「どこに？　そもそも真悠子さんはマニアじゃないし」

ユカリが口を尖らせた時、男は電話を切った。立ち上がり、ナイロンのビジネスバッグを抱えてあわただしく出口に向かう。

「ねえちょっと、お兄さん」

テーブルの脇を通りかかった男を、アユムが呼び止めた。

「お兄さん、真悠子さんの彼氏？　でもって、そのバッグにヤバげなデータの入ったフラッシュメモリとか、しまい込んでたりしちゃう？」

「えっ、なんで」

「あらやだ、ビンゴ!?」

素っ頓狂な声を上げ、アユムは手のひらでユカリの肩を叩いた。

「本当に、あなたが真悠子さんの恋人？　ＷＥＢデザイン会社の社長？　うそでも冗談でもなく？」

矢継ぎ早に問いかけ、ユカリは腰を上げた。つい詰問口調になる。

「どういうことだ？　きみらは一体」

男は目を瞬かせ、ユカリのオレンジのベリーショートヘア、顔、カットソーにスキニージーンズを着た細い体に視線を走らせた。腫れぼったい一重の小さな目から、男が本気で怯《おび》え、戸惑っていることが伝わってきた。

真悠子の恋人に会ったら何を言うか道々考えてきたのだが、ショックが大きすぎて言葉が出てこない。

「この子、真悠子さんの知り合いなの。で、あたしはその同僚。話は聞いたけど、お兄さん、ちょっと無茶やりすぎ。男のメンツのために愛人に犯罪まがいのことさせるって、人としてどうなのって話でしょ」

「こ、声がデカい」

うろたえ、丸い背中をさらに丸めて店内を見回した。その卑屈な態度を見て、ユカリは腹の底から怒りがこみ上げてきた。

「あなたね」

鼻息も荒く詰め寄ろうとした時、男の視線が逸れた。振り返って視線を追うと、店のドアが開き、スーツ姿の男が二人入って来る。一人は五十過ぎ、もう一人は二十歳そこそこの若者だが揃って目つきが鋭く、怒らせた肩から威圧的なオーラを漂わせている。

あれが業者？　怒りは消え、代わりに焦りと恐怖が湧く。ユカリはとっさに手を伸ばし、男からビジネスバッグを引ったくった。男たちを突き飛ばし、店の外に駆け出る。

「ちょっと！」

「おい！」

後ろから、アユムと男の声が重なって追ってきた。

4

転がるように、元来た道を戻った。行き交う車の音に混じり、背後から足音と鋭い声が追ってくる。

「ユカリちゃん！」

傍らの闇から聞き覚えのある声がした。広い敷地に、学校の校舎を思わせる古い鉄筋の建物が建っている。向かいのスペースは駐車場らしく、アスファルトが四角いラインで白く区切られ、乗用車やトラックが停められている。声の主はその一台の、大きなライトバンの陰から身を乗り出し、手招きをしている。

「真悠子さん⁉」

「こっちに来て。早く」

潜めた声で急かされるまま駆け寄り、一緒に車の陰に隠れる。間もなく、足音とともに業者とおぼしき二人組とアユム、やや遅れて真悠子の恋人が走ってきた。四人とも駐車場には目もくれず、まっすぐに通りを駆けていった。

足音が消えるのを待ち、ユカリと真悠子は立ち上がった。

「真悠子さん、どうしてここに？」

「それはこっちの台詞でしょう。どういうつもり？」

尖った声で言い、ユカリを見る。さっき別れた時と同じグレーのワンピース姿で、バーキンを提げている。

「あの後、一度は会社に戻ったのよ。でも、どうしても気になって本牧に来たの。案の定、バーの手前まで行ったらユカリちゃんが飛び出して来るのが見えたから、待ってたの。あなた、まさか」

言葉を切り、ユカリが抱えるバッグに視線を向けた。思わず身構え、後ずさると真悠子は呆れたようにため息をつき、視線もそらせた。

「さっきの連中が戻ってくるといけないから、移動しましょう」

踵を返し、駐車場の奥へ進んだ。敷地の外れまで行き、細い道を進んだ。空気が湿り、潮の香りが強まる。眼前が開け、黒々とした海面が見えた。小さな入江になっているらしく、対岸にさっき見た団地群、その奥には病院らしき大きな建物も見える。入江の先には産業道路があり、トラックが轟音を響かせ走り抜けていく。

突き当たりのフェンスまで行き、真悠子は足を止めた。フェンスにはカギのついた小さな戸がある。その先には鉄の短い桟橋が伸び、クルーザーと漁船が停められている。係留所のようだ。

入江に目を向けたまま、真悠子は訊ねた。

「どうやって、あの店を見つけたの」

「必死に頭を使って、走り回りました」

「よくもまあ、他人のことにそこまで。若いのね、としか言いようがないわ。とにかく、そのバッグを返して」

「いやです」

即答し、真悠子の目を見返す。口を開きかけた真悠子を制し、ユカリは続けた。

「お節介とか大きなお世話とか、全部わかってます。でも、見過ごせなかったの。こんなこと、ていうか、あんな人、真悠子さんにふさわしくない」

「ありがとう」

真悠子は言い、にっこりと微笑んだ。

「ありがとう?」

「そうよ。ふさわしくないとか、らしくないとか今の私には、褒め言葉だわ」

「訳がわかんないんですけど」

「私はね、ユカリちゃんぐらいの年の頃からずっと自分らしさっていうのにこだわってきたの。一つこれっていうのが見つかると、ヘアスタイルやファッション、立ち居振る舞いからつき合う友達、彼氏まで全部考えに考え抜いて決めてきた。人から真悠子らしいって言われると、とっても誇らしかったわ。でも、何年か前にそういう自分がいやになっちゃったの」

「なんで？」

小さく首を傾げ、真悠子は答えた。

「飽きたのかな」

「どういう意味ですか」

「だって、自分で自分の気持ちや行動が読めちゃうんだもの。百パーセントのオリジナルを目指してたつもりが、ガチガチのマニュアルを作って自分で自分を縛り付けてただけだった。それに気づいたら息苦しくなって、ちょうどその頃、友達に起業の話を持ちかけられたから、いいタイミングだと思って会社を辞めちゃったの」

わかるようなわからないような、わかっても認めたくないような。混乱を振り切るように、ユカリは質問を続けた。

「じゃあ、あの人とつき合ったのも、らしくないことをしたかったから？」

「いいえ。好きだからよ。人から見て間違っていても、辻褄が合わなくてもいい。好きだからつき合って、望まれれば何でもしてあげたいと思ったの」

ひとかけらの迷いもない言葉と眼差しに、ユカリは言葉を失った。

「バッグを渡してくれる？」

「渡したら、私、真悠子さんのこと嫌いになるかも知れませんよ」

「そう。でも、私はずっとユカリちゃんのことが好きよ。私たち、よく似てるから」

「似てる？　どこが？」

しかし真悠子は薄く微笑むだけで答えず、バッグを渡すように促した。ますます混乱し、ユカリは腕の中のバッグと真悠子の顔を交互に見た。

「渡してあげて下さい」

ふいに声をかけられ、ぎょっとして振り向いた。真悠子の彼だ。後ろにはアユムもいる。

「よくそんなことが――」

「違います。彼女に、バッグの中のフラッシュメモリを返してあげて欲しいんです」

「どういうこと？　業者の人は？」

ユカリを押しのけ、真悠子は男に歩み寄った。

「帰ってもらった。やっぱりやめよう。ごめん。俺、どうかしてたよ」

「でも、今日中にお金を用意しないと取り立て屋が家に来るんでしょ？　娘さんに怖い思いをさせたくないって、言ってたじゃない」

「うん。でも、そのために俺がやろうとしていたことを知ったら、もっと娘を傷つけるし、辛い思いをさせることになると思うんだ」

俯き、男は言った。ポケットからシワだらけのハンカチを取り出し、前髪の後退が始まりつつある額に滲んだ汗を拭く。その姿を、真悠子はいろいろな色の入り交じった目で見つめていた。

「って、さっきあたしが説教してやったんだけどね」

したり顔で、アユムが進み出てきた。しかし真悠子は何も聞こえないように、男を見つめ続けている。

「それ本気ですか？　取りあえず上手く取り繕おうとか、考えてません？　もしかしたら、何もかも失うことになるかも知れないんですよ」

尖った声で、ユカリは訊ねた。

「わかってます。恐らくそうなるでしょう。でも、全部失えば本当に大切なものが何かわかるかも知れない。それがわかれば、一からやり直せる気がするんです」

きれいごと言っちゃって。そう言い返してやりたかったが、できなかった。目を見て、男が本気だとわかったからだ。

「バッグを渡してもらえますか？」

男が言い、真悠子もユカリを見た。場の空気に逆らえず、ユカリは無言でバッグを差し出した。受け取った真悠子はかすかに目を潤ませ、

「ありがとう」

ユカリと男に向かって、そう言った。

ユカリの前を、男が通りかかった。歳は三十代後半。一目で安物とわかるよれたスーツ姿

で、使い込んだ革のビジネスバッグを提げている。

夕食代わりのクッキーを飲み込み、男に歩み寄った。

「すみません。私、この近くのSplashって店の美容師なんですけど。よろしければ、カットモデルになっていただけませんか？」

「無理無理。そんな金も時間もないよ」

疲れきった声で答え、男は薬指にプラチナの指輪をはめた手を横に振った。面長で顎が少し歪んだワラジのような顔に、隈の浮いた丸い目と毛穴が黒ずんだ細い鼻と色艶の悪い口が並んでいる。

「料金はかかりませんし、時間も午後十時ぐらいまでなら大丈夫ですよ。普段は理髪店でカットなさってるんですか？」

笑顔でテンポよく続け、男の髪を眺めた。両サイドを短く刈り込み、長めの前髪を真ん中で分けている。男が大学生ぐらいの頃に大流行したスタイルだ。恐らく、当時から一度もスタイルを変えていないのだろう。

「そう。一回千八百円の駅前の床屋。ダサいだろ？　でも、清潔ならそれでいいと思ってるから。もっと若くてチャラチャラしたやつに、声をかけた方がいいよ」

自虐と嫌みの入り交じった調子で返し、男は周囲を見回した。給料日前の月曜日の夜だが、広場にはいつもと同じようにダンスや弾き語りを披露する若者と観客、その傍らを足早に通り過ぎるサラリーマンとOL、彼ら目当てのビラ配りやキャッチセールスの男たちで賑わっている。

「そんなことないですよ。スーツに似合う定番のスタイルですから。でも、オン・オフの切り替えが難しいのが難点なんですよね」

「それはあるな。娘の運動会とか授業参観に、ジーパンとかハーフパンツで行くだろ？　そうすると、『パパ、服と髪型が合ってなくて変』って言われちゃうんだよ」

「わかります。でも、今のスタイルにちょっとアレンジを加えるだけで使い分けができるようになりますよ」

「とか上手いこと言って。ダメだよ。俺とにかく忙しいし、不器用なんだから」

「いえ、簡単です。サイドとバックの髪をもう少し伸ばして、あとは前髪の毛先を軽くするだけ。仕事の時は前髪を額に下ろして、軽くサイドに流して、休みの日は全体の毛先を立てると少しワイルドな感じになるから、カジュアルなファッションにも合います」

身振り手振りを交えて説明するユカリを、男はじろじろと眺めた。バッグを提げた右手を肩に乗せ、急にくだけた口調になって訊ねる。

「テレビで見たんだけど、ヘッドスパっていうの？　頭のマッサージみたいなやつ。気持ちよさそうだなと思ってたんだけど、カットモデルになれば、きみにやってもらえるの？」

「はい。専用の設備がないので、簡単なものになってしまいますけど。頭皮や首、肩のマッサージならできます」

「ふうん。きみ、何て名前？」

「すみません、ユカリです」

男は差し出された名刺を一瞥し、もう一度ユカリの顔と体に視線を走らせた。

「いつでもご連絡下さい。もし、髪や頭皮のことでお悩みでしたら、事前に」

脇に挟んでいた作品ファイルを抱え、さり気なく胸をガードする。しかし男は、

「了解了解。ユカリちゃんね。今度電話するよ。じゃあね」

と声をかけた時とは別人のようなノリのいい声で言い、手を振って歩きだした。その背中を見送り、ユカリはアユムを振り返った。

「やった。名刺を受け取ってもらえたわ」

アユムは手鏡を覗きながら、指先でエメラルドグリーンの髪を整えている。

「おめでと〜って言いたいところだけど、今のおっさん、大丈夫？　あんたのことを、じろじろ見て系のマッサージ嬢か何かと勘違いしてるんじゃない。スケべったらしい目で、じろじろ見てたわよ。都会の男をナメちゃダメ。処女と童貞ばっかりの栄区とは違うんだから」

「まずはお店に来てもらわなきゃ。それにあの人、仕事は一生懸命にやってるみたいだし、こっちがそれなりの腕を見せればプロ同士見る目も変わるかもよ。あとはアユム。栄区だの港北区だのにこだわるのはいい加減にやめたら？　そんなの、どっちでも同じようなもんじ

やん。ていうか、アユムこそそういうところがブリンカーぽいよ」

「あらやだ。なにげに鋭いこと言うじゃない。さすがのあたしも、一本取られたわ。やっぱり本牧の一件の影響？　真悠子さんから連絡あったの？」

首を横に振り、ユカリはバッグからペットボトルのスポーツドリンクを出して飲んだ。あの事件の夜から二週間ほどが過ぎた。その間、真悠子とは一度も話していない。

「別に真悠子さんのこと嫌いになった訳じゃないんだけど、どうしていいかわかんないの。見た目とか仕草とか、話した内容とか頭の中で小さなピースを一個ずつ組み合わせて作ってきた真悠子さん像が、あの時完全に崩れちゃったから」

「ふうん。でもあたし、あの時真悠子さんがあんたに言った『私たち、よく似てるから』って言葉は、わかる気がするわ」

「どこが？　似てるところなんて、一つもないじゃない」

「今じゃなくて昔よ。真悠子さんて、若い頃あんたと同じようなことをぐるぐる考えてたんじゃないの。何となく想像つくわ」

「何がぐるぐるよ。訳わかんないし」

ぶっきらぼうに返しながら、脳裡にはコーヒーショップでユカリの恋愛パターンを言い当てた時の真悠子の笑顔と、「さあ。なんででしょう」という言葉が蘇った。

「わかんなくていいの。そう簡単に大人の階段上られちゃつまんないわ。それよりあんた、今度の休み空けときなさい。あたしの地元に来るのよ」

「なんで?」

「さっき『どっちでも同じようなもん』って言ったじゃない。冗談じゃないわよ。港北区がどんなにいいところか、見せてあげる。その次の休みはあんたの地元に行くから、案内しなさいよ。ランチして、ショッピングして、お散歩するの」

「何それ。それってまるで」

デートみたい。そう言いかけて、なぜかためらわれた。ふいにむずむずとして収まりの悪い、思いも寄らなかった感情がこみ上げてくる。

「まるで何よ。どうせまた、妄想暴走させてるんでしょ」

「させてないわよ、そんなの。アユムはアユム。存在、っていうかインパクト大きすぎて妄想がつけいる隙なし」

つんとして返すと、アユムも背中を向け呟いた。

「悪かったわね。まったく。つくづく、男の乙女心がわかんない女よね」

「はあ? 意味不明なんだけど」

「おだまり。いいわよ。こうなったら楽しんだ者勝ち。あんたのそのキャラで、とことん遊ばせてもらうからね」

ふいにはしゃいだ声を上げ、アユムは腕を伸ばしユカリの頭を抱き寄せた。

「ちょっと、やめてよ。私、そっちの気はないから」

「そっちってどっちよ。言ってごらん。ほらほら」

笑い転げながらユカリはもがき、通りすがりの人々が、子どものようにじゃれ合うオレンジとエメラルドグリーンの頭の二人を訝しげに眺めていく。

ふいに、アユムの動きが止まった。

「どうしたの？」

返事の代わりに、アユムは顎で前方を指した。三十メートルほど先、行き交う人々の中に真悠子の姿があった。地味だが仕立てのいいスーツを着て、バーキンを提げている。隣には本牧で会った男がいた。この間の夜と柄違いだが、相変わらず変な色のシャツを着て、太さも色の落ち具合も中途半端なジーンズを穿いている。

「何よ、結局こういうこと？　あの男、『本当に大切なものがわかる気がする』とかぬかしてたけど、ちゃんと考えたのかしら」

アユムは細い眉をひそめた。

二人は並んで歩いているだけだった。手をつないだり、腕を組んだりはしていない。少し距離を置き、伏し目がちに歩きながら話をしているだけだ。それでも、ユカリの胸にある思いがいやと言うほど強く伝わってきた。

「なるほどね」

ユカリは呟いた。真悠子さんは好きな人と一緒にいる時、ああいう顔をするんだ。とても静かで穏やかだけど、真悠子さんがそんな気持ちになれるのは、あの人の前だけなのかも知れない。真悠子さん像は崩れてしまったけど、新しいピースがいま一つ見つかった。そしてそれは、とても大切なものに思えた。

「どっちにしろ、修羅の道よ。真悠子さんは、これからが正念場ね。ユカリ、どうすんの？せっかくだし、声かけたら？すっとぼけて挨拶すりゃ、後はなんとかなるもんよ」

「うん。わかってる」

「じゃ、あたし、あっちでモデル捜ししてるから。何かあったら声をかけて」

早口で言い、アユムは広場の反対側に向かった。

「ありがとう……でも、もうちょっとだけこのままでいさせて」

ユカリは独り言のように返し、人混みにまぎれていく真悠子の横顔を静かに見つめていた。

一名様、二時間六百円

1

「ねえねえ、戸川《とがわ》くん」

航平《こうへい》がバックヤードに戻るなり、岩崎《いわさき》が話しかけてきた。

「横浜スタジアムのそばに、マンゴープリンがすげえ旨いスイーツの店があるらしいんだけど、知らない？」

「さあ」

目を伏せたまま返し、航平は自分のロッカーを開けた。ナイロンのベンチコートを脱ぎ、ハンガーにかける。コートの左胸と背中には、白文字で大きく『カラオケ　ハミングスクエア』とプリントされている。

「彼女が行きたいってうるさいんだよね。インテリアとかもすげえおしゃれで、テレビの情報番組の横浜デートスポットランキングでも三位だか四位になったたって。でも俺、この春に田舎から出て来たばっかじゃん？　いろいろ調べてるんだけど、わかんないんだよ。戸川くんは横浜出身だし、知ってるんじゃないかと思ってさ」

勝手に捲《まく》し立《た》て、テーブルの横浜のガイドブックを眺めた。周囲には、横浜特集のグルメ雑誌や女性誌なども広げられている。

航平が黙ったままでいると、岩崎はガイドブックを閉じて振り返った。

「やっぱダメ？　知らないか。そうだよね。そんな店、戸川くんには縁がない、じゃなくて興味ないもんね」

へらへらと笑い、筋の浮いた細い指で茶髪の前髪をかき上げた。梳《す》いて薄くしたうえ、額に斜めに下ろしている。航平も同じように前髪をかき上げたが、指はむっちりと太く、髪は真っ黒でぼさぼさだ。

「あ〜あ。始まっちゃったよ」

また岩崎が騒いだ。席を立ち、壁に取り付けられた液晶ディスプレイを見上げている。

「216号室？　受付した時から怪しいと思ってたのよね」

通りかかった三田村《みたむら》が、足を止めた。サーモンピンクのシャツに膝丈のスカートというユニフォーム姿で、腕にソフトドリンクのグラスとチキンバスケットが載ったトレイを抱えている。

「やりたきゃラブホに行けよな。てか、防犯カメラの死角になるところでやってくれりゃいいものを」

ため息まじりに言い、岩崎は指先でディスプレイを弾いた。大きな画面は五センチ角ほどの正方形に区切られ、各部屋の様子を映し出している。広さや内装は様々だが、壁際にビニール張りのソファ、中央に歌本と選曲用の通信端末が載ったテーブル、その向かいに液晶ディスプレイとカラオケ機器を収めた棚というレイアウトは変わらない。216号室も同様で、ソファに高校生らしい制服姿の男女の姿が見えた。しかし、横になった女の上に男がのしかかり、右手は胸、左手はスカートの中をまさぐっている。

「どうする？　無視してもいいけど、店長が帰って来たら叱られるよ」

絡み合う二人を無表情に眺めながら三田村が訊ねた。防犯カメラの映像はすべて録画され、後から店長が見直す決まりになっている。店長の留守中はバイトが仕事をしながらチェックし、暴力や猥褻行為、飲食物の持ち込みなどの利用規約違反を発見し次第、注意をしに行かなくてはならない。

「だよな。行くっきゃねえか。ねえ、戸川くん」

「あ、戸川さん。ビラ配り終わったんですか。お疲れ様です」

三田村の言葉に、航平はまた無言で目を伏せたまま会釈を返す。

「で、誰が行くよ？」

「あたしはやだ。女が行ってもナメられるだけだし、逆ギレされたら怖いもん」

「怖いのは、こっちも同じだよ。それに俺、まだ休憩中なんだけど。しゃあねえな。ここはフェアにジャンケンといこうぜ」

「なんでよ。あたしはこれを運ばなきゃならないし」

三田村は眉をひそめたが、岩崎は構わず腕を突き出した。日焼けサロンでまんべんなく焼いているが、女のように細く拳も薄い。

「最初はグー。ジャンケンポン！」

勢いに圧され、三田村と航平も手を差し出した。岩崎はパー、三田村と航平はチョキだ。

「え〜っ、マジかよ。……ねえ。やっぱり戸川くんが行ってくれない？」

「でも」

「いいじゃん。戸川くん、ガタイいいし、あんまり口利かないから不気味、じゃなくて、迫力あるしさ。きっとこいつらも、素直に言うこと聞くよ」

腕を伸ばし、航平の肩を叩く。背の高さは岩崎と変わらないが肉づきがよく、サイズLのユニフォームも肩と腹回りが少しきつい。

言葉が浮かばず、航平は顔を伏せた。伸ばしっ放しの前髪が目の上に落ちる。

「なに調子のいいこと言ってるのよ。自分で、『フェアにジャンケン』って決めたんでしょ。さっさと行きなさいよ」

三田村が肩で岩崎の背中を押す。

「やってらんねえよ。あ〜あ、このバイト辞めよっかなあ。俺、ホントは中華街の店希望だったんだぜ。なのに、人手が足りてるからってこっちの店に廻されてさ。こんなどこにでもあるような繁華街じゃ、横浜でバイトする意味ねえじゃん。ここの客、ガラ悪くね？　民度《みんど》低くね？」

細く鋭角的に整えた眉を寄せ、ぼやいた。指先でサイドの髪を弄《もてあそ》んでいる。

「民度の意味がわかって使ってる？　ぶつぶつうるさいわね。いやなら、辞めればいいでしょう。誰も止めないわよ」

三田村に突き放され、岩崎は嫌々歩きだした。その背中が消えると三田村は航平に向き直った。

「はっきり言ってやらなきゃダメですよ。少しだけど戸川さんの方が年上だし、ここのバイトだって先輩でしょ？　それに、あんなこと言われて腹が立たないんですか。戸川さんは、この店のオープニングスタッフなのに。私もそうだけど、開店前の研修から参加して、がんばって店を盛り上げてきた誇りとか愛情とかあるでしょう」

「すみません」

「だから、謝って欲しいんじゃなくて……もういいです。あたしはこれを届けた後、トイレ掃除をするので受付に入って下さい」

「はい」

航平が頷き、三田村は歩きだした。スカートから覗く脚はふくらはぎにバランスよく筋肉がつき、足首は細く引き締まっている。大学生だということしか知らないが、何かスポーツをやっているのだろう。

狭い厨房を抜け、受付カウンターに通じるドアを開けた。とたんに、こぶしを効かせまくった男の歌声が流れてきた。フロントホールに設置された大画面の液晶モニターで、ラメ入りのスーツを着た演歌歌手がマイクを握りしめて熱唱している。

「あら、戸川くん」

カウンターの中の中年女が振り返った。池辺《いけべ》だ。小柄で痩せ形だが、きついパーマで白髪交じりの短い髪をボリュームアップさせているので頭が大きく見える。薄紫のレンズが入ったフレームの大きなメガネと相まって、ＳＦ映画に出てくる火星人のようだ。

この店では客寄せのため、フロントホールのモニターで常時歌手のライブやプロモーションＤＶＤを流している。歌手の選定に決まりはなく、その時フロントに入っている者が選べる。ほとんどの場合、当たり障りのない若い人気歌手を選ぶのだが、中には池辺のように極めて個人的、かつレアな嗜好を押し通す者もいる。

航平が首を突き出すようにして会釈すると、池辺は喋り始めた。

「いいでしょ、これ。鳥羽一郎の去年のライブなんだけど、あたし、この会場にいるのよね。どこかに映ってないかと思ってさっきから探してるんだけど、見つからないの。戸川くん、手伝ってよ」

何も応えず、航平は池辺の隣に立ってレジ脇に置かれた予約表に目を通した。午後四時前なので、客の数は少ない。しかし今日は金曜日だ。パーティルームを中心に、深夜まで予約が入っている。飛び込みの客もいつもの倍以上になるはずなので、間もなくこのフロントホールは大混雑になる。

横浜駅西口から南西方向に延びる通り沿いに、居酒屋やファストフード店、若者向けの衣料品店などが入った雑居ビルが建ち並んでいる。一方通行の狭い通りだが、パルナードという名が付けられ、駅近辺では最大の商店街だ。航平が働くカラオケボックスは通りの中程、ファッションビルのビブレの近くにある。働き始めて二年ちょっとだが、バイトの中では古株だ。ここを選んだ理由は二つ。自宅から地下鉄で二十分ほどで来られることと、子どもの頃から通い慣れた場所であることだ。両親は、高校を出たものの進学も就職もしない息子に不満げだが、バイトながらも自分で職を見つけ、毎日真面目に通勤しているので、今のところ何も言わない。

出入口の自動ドアが開く音がした。

「いらっしゃいませ」

池辺と同時に言い、顔を上げた。ペカペカとした光沢が安っぽい白いタイル張りの床を、若い女が歩いてくる。濃紺のピーコートに、プリーツのミニスカート。肩にナイロンのスクールバッグを下げている。

「ご利用は何名様ですか？」

カウンターの前で立ち止まった女に、池辺が微笑みかけた。

「一人。二時間」

ピーコートのポケットに両手を入れたまま、女は答えた。

「当店のメンバーズカードはお持ちでしょうか？」

無言無表情のまま、女はポケットからヴィトンの財布を出し、メンバーズカードを抜き取ってカウンターに載せた。

「ただ今の時間ですと、メンバー割引適用で一名様、二時間六百円となります。よろしいですか？」

池辺がマニュアル通りの質問を続ける。その間に航平は、女のメンバーズカードをスキャナーに通す。隣のパソコンと接続されており、ディスプレイにメンバーのデータが表示される。パソコンにはルーム管理ソフトもインストールされているので、各フロアの状況をチェックしてどの部屋に案内するかを決める。

女がこくりと頷いた。前髪を真ん中で分けたショートボブというよく見かけるスタイルで、凹凸の少ない顔に薄く化粧をしている。

航平は部屋を選び、入店時刻や人数などを書き込んだ伝票を長方形のプラスチックバインダーに挟み、池辺に渡した。

「では408号室へどうぞ。エレベーターを降りて、左手奥のお部屋です。お帰りの際に、こちらの伝票をお持ち下さい」

淀みなく続け、池辺はバインダーを差し出した。女は再びこくりと頷き、ラメ入りシルバーのマニキュアで彩られた指でバインダーを受け取った。そして、

「チョコレートパフェ、お願いします」

抑揚のない声で告げ、フロア奥のエレベーターホールに向かった。

「あの子、また来たわね。今週二度目、ううん、三度目よ」

女を乗せたエレベーターのドアが閉まるなり、池辺がお喋りを再開した。

「一人の客は時々来るけど、若い女の子は珍しいわよね。あの子高校生でしょ？　あの制服どこのだっけ」

矢継ぎ早の問いかけを航平は軽く首を傾げ、半歩横にずれてかわした。

「うちの娘もそうだけど、あれぐらいの年頃の子って大勢でワイワイやりたがるもんでしょ。一人で週に何度も来るなんて変わってるわよね。ひょっとして、いじめにでもあってるのかしら。いつもぼ〜っとして覇気がないし、そもそもカラオケボックスなのに一度も——」

「オーダーを届けてくるので、後お願いします」

目を伏せたまま告げ、返事を待たずにドアに向かった。

厨房では岩崎がフライパンを振り、チャーハンを作っていた。高校生カップルは素直に注

意を聞き入れたが、代わりに大量のつまみをオーダーされてしまったらしい。航平は、ぶつくさとグチをこぼし続ける岩崎の背後で手早く材料を揃え、チョコレートパフェを作った。

店の公式サイトやチラシでは、『フードやスイーツ、ドリンクは、すべてシェフによる手作り』と謳《うた》っているが、現実は航平たちスタッフがマニュアルをもとに調理している。やることは受付や部屋の掃除、ビラ配りぐらいだろうと予想して入った職場だが、実際にはつまみの調理に利用規約違反をした客への注意、「歌手も曲名もわからないけど、どうしてもあの曲が歌いたい」という客のための情報検索、時にはデュエットの相手やタンバリン片手にリズムマシーン役をやらされることもある。嫌気がさして辞めるバイトも多いが、航平はさほど気にならない。いやなことや辛いことがあっても、すぐに忘れてしまう。感情を言葉に代えてあれこれ分析したり、人に伝える習慣がないせいかも知れない。

ドアの小窓から室内を覗いた。女はソファにうつぶせで寝転がり、スクールバッグをクッション代わりに胸の下に敷いて雑誌を読んでいる。航平がドアをノックすると、素早く起き上がった。

「はい」

靴を履き、スカートの裾を直す。

「失礼します」

航平は右手にトレイを持ち、左手でドアを押し開けた。

最大収容人数三名の狭い部屋だ。手前にカラオケ機器と液晶ディスプレイ。中央に合板のテーブル。左右の壁に沿って、角度の浅いスカイブルーのビニールソファが置かれている。テーブルの上には、ファッション雑誌やコミックスとマニキュアの瓶。他にも、爪の手入れに使うらしいヤスリやボトル、iPod とイヤホンなどが散らばっている。歌本と選曲用の通信端末、マイクは隅に押しやられていた。

航平は身をかがめ、ファッション雑誌とイヤホンの間にグラスを置いた。

「こちら、チョコレートパフェになります。他にご注文はございませんか？」

「ないです」

雑誌に視線を落としたまま、女は答えた。

「どうぞごゆっくり。失礼します」

航平が一礼しても、女はノーリアクションで雑誌を読み続けている。

さっき池辺にははぐらかしたが、航平はこの女を知っている。名前は今村亜依《いまむらあい》。歳は十六、市内の公立高校の一年生で、自宅は横浜駅から私鉄電車で三十分ほどの街のマンションだ。メンバーズカードを処理するうちに覚えた。

亜依が初めて店に来たのは、今年の夏だ。以来週に一回、ここ二カ月ほどは三回は通っている。常に一人で来店し、利用時間は二時間。デザートかドリンクを一品だけオーダーする。

しかし、歌は歌わない。雑誌やマンガを読んだり、化粧をしたり、ゲームをしたり携帯電話でテレビを見たりして過ごす。

カラオケボックスで歌を歌わない客はそう珍しくない。特に利用料金の安い平日の昼間は、主婦やサラリーマンが喫茶店や仮眠室、会議室代わりに使ったり、防音室として楽器や芝居の練習に利用する人もいる。防犯カメラの映像を眺め、「こんな使い方があったのか」とバイトの間で話題になることもある。しかし女子高生が一人で週に何度も通うのは異例で、しかも特に目的がある様子もなく、ダラダラ過ごしているだけだ。そのくせモニター越しに見る亜依に荒《すさ》んだ様子はなく、むしろリラックスして楽しんでいるようにさえ感じられる。池辺同様、航平も「女子高生＝群れて騒ぐのが何より好きな生き物」という認識だったので、訳がわからない。でも、亜依の化粧に埋もれがちながら、よく見ると愛嬌のある顔は嫌いではない。

「失礼します」

廊下に出てから、もう一度声をかけた。少しでもいいから顔を上げ、こちらを見て欲しかった。

携帯電話の着信ベルが流れ始めた。スクールバッグをさぐり、亜依が携帯を取り出した。天井の灯りを受け、ビーズでデコレーションされたボディがきらりと光る。

「もしも〜し。沙樹《さき》ちゃん？」

今までとは別人のような、張りのあるハイテンションな声だ。

「え、いま？　ええと……そう、本屋だよ。横浜駅の近くの。雑誌立ち読みしてたら、一時間も経っちゃった。ヤバいよね」

周囲を素早く見回し、送話口を手のひらで囲い笑う。笑顔を見るのは初めてだが、視線は落ち着きがなく、背筋もぴんと伸びている。

「沙樹ちゃん、今日はバイトだって言ってたよね。どうしたの？　――えっ、ハルナちゃんが⁉︎　マジ？　それヤバいじゃん……ルミネ前広場ね？　うん、わかった。すぐ行く」

早口で応えながら片手でテーブルの上の品々を掻き集め、スクールバッグに押し込んでいく。電話を切り、航平を見た。

「すみません。帰ります」

「はあ。でも、こちらのパフェの代金はいただくことになりますが」

「構いません」

「では、先ほどお渡しした伝票を一階のフロントに――」

説明を終える前に亜依は航平を押しのけ、細く曲がりくねった廊下を走りだした。

部屋を片づけて受付カウンターに戻ると、早速池辺が話しかけてきた。

「ねえねえ。さっきの女子高生、もう帰っちゃったわよ。やっぱりあの子、何かあるんじゃない？」

無視して、カウンター下の棚からのど飴の業務用大袋を出し、レジ脇に置かれた籐籠に補充する。

「引きつった青い顔して、飛び出して行ったもの。大丈夫かしら。ああいうぼ〜っとした子に限って、心の闇っていうの？　裏でいろいろ抱え込んでるもんなのよ」

気がつくと、航平は手を止め池辺の話に耳をそばだてていた。

「間違いなく、いじめね。ううん、それだけじゃないわ。援助交際、ドラッグ、リストカット、練炭自殺」

「ビラ配りに行ってきます」

ふいに大きな声を出したので、池辺は驚いたように航平を見上げた。

「あら。でも、さっき行ったばっかりじゃない」

目を瞬かせる池辺にのど飴の袋を押しつけ、カウンターを離れた。厨房を抜け、ロッカーに立ち寄ってベンチコートを取ると通用口から外に出た。

2

ビブレ前広場に着き、腕時計を見た。午後五時前。日は既に傾きかけ、広場の下を流れる川から、潮の香りと湿気を含んだ冷たい風が吹きつけてくる。前方で小さな歓声が上がった。ファッションビル・ビブレの玄関に飾られた、クリスマスツリーの電飾が点《とも》っていく。コートやマフラーを着込んだカップルや親子連れが、取り囲むようにしてツリーを見上げている。

亜依を捜しながら、広場を進んだ。正方形の敷地の中央を駅と繁華街に向かう人が行き来し、それを挟むようにビラやティッシュを配る若者が立っている。敷地の隅には待ち合わせの人々が溜まり、その隣でストリートミュージシャンやダンサーのグループが、夜のパフォーマンスに向けて準備を始めている。

「ど～も。こんばんは」

振り向くと、女が二人立っていた。歳は二十代半ば。一人は背が高くがっちりとして黒髪のロングヘア、もう一人は小柄小太りで金髪のショートカットの凸凹コンビだ。揃って着古したコートとジーンズを着ている。

「どうも」

「ねえ、いつもの割引券ちょうだい」

金髪のショートカットが、人なつこい笑顔を向けてきた。航平はベンチコートのポケットをまさぐり、答えた。

「持ってくるの忘れた」

「なんや、それ。ビラ配りがビラ忘れて、どないすんねん」

怪しいアクセントの関西弁で突っ込みを入れ、金髪ショートカットが手の甲で航平の肩を叩いた。それを黒髪ロングが無表情、ノーリアクションで眺めている。

この二人は漫才師の卵で、時々広場でライブをやっている。他にも漫才やコントを披露する若者は何人かいて、航平が配る割引券つきのビラをねだりにくる。カラオケボックスで漫才の台本を書いたり、ネタ合わせをしているらしい。

「そうなんだけど……すみません」

もごもごと答え、視線を泳がせる。すると、人混みの向こうに見覚えのあるスクールバッグと前髪真ん中分けのショートボブを見つけた。同じ年頃の女たち四、五人と広場の隅に立っている。亜依と同じ制服姿で、スクールバッグを提げている女もいた。

「どうしたの。女子高生をあつ〜い眼差しで見つめちゃったりなんかして。お兄さん、そういう趣味だったの？」

「ち、違います」

芝居がかった仕草で身を乗り出し、金髪ショートカットが航平の視線を追った。

「いいよいいよ。パンダは笹が好きで、コアラはユーカリが好き。人間の男は女子高生が好き。それが自然の摂理ってもんよ。それにあの子たち、いい感じだよね」

「知り合いなんですか？」

「て、ほどじゃないけど。よくこの広場にたむろしてて、うちらのライブを見てくれるの。ノリもいいし、よく笑ってくれるし」

「でも、心から笑ってない」

ふいに黒髪ロングが口を開いた。表情のない三白眼の大きな目で、亜依たちのグループを見ている。

「ちょっと、なに言ってんのよ」

「笑おうと思って笑ってる。みんなで安心して盛り上がれるツールを探してるだけ」

低い声でぼそりと呟き、航平を見下ろした。思わずたじろぐと、金髪ショートカットが割って入ってきた。

「ごめんね。この子、最近ちょっとおかしいの。ネタ作りで悩んでるみたいで」

「はあ」

「ホントにごめん。気にしないでね」

早口で言い、金髪ショートカットは黒髪ロングの腕を引っ張り、歩き去った。航平は視線を戻したが、亜依たちはいつの間にか姿を消していた。見回すと、広場の反対側の出入口に向かって歩いている。足早で押し黙り、笑顔の者は一人もいない。

航平は首を振り亜依たち、店の方向、もう一度亜依たちの順で見た。じわじわと胸がざわめきだす。それを振り切るように、広場の出入口に向かい大股で歩きだした。

亜依たち一行は橋を渡り、街の北西ブロックに進んだ。この辺りはビルや倉庫などが並ぶ古いオフィス街で人通りも少ないが、再開発も進み、裏通りの小さなビルに若者向けの洒落たカフェや洋服屋などが増え始めている。

亜依たちは身を寄せ合うようにして、無言のまま薄暗い通りを進んだ。航平は少し間を空け、ビルや車の陰に身を潜めながら後を追った。通りを進むにつれ、通りは細くなり人通りも減っていった。

ふいに、ズボンのポケットの中で携帯電話が鳴りだした。路上駐車のライトバンの後ろに隠れ、携帯を取り出す。店からだった。そろそろ忙しくなる時間だ。躊躇したが電源を切り、再び通りに出た。前方の薄暗がりに目をこらしたが、亜依たちの姿はない。

慌てて走り、目についた角を曲がった。とたんに大きく弾力のあるものにぶつかり、はじき飛ばされた。アスファルトに打ち付けられた衝撃で目の前が暗くなり、手足の感覚がなくなった。

「どうした⁉」

バタバタという足音と、男の声が近づいてきた。

「いたぞ！」

「こいつか？」

「間違いない。見つけたぞ！」

朦朧とした頭に、やり取りがこだまする。少しずつ視界と体の感覚が戻ってきたので上半身を起こし、声の方向に頭を向けた。閃光が走り、今度は目の前が真っ白になった。訳がわからず、前方に腕を伸ばすと今度は重なるように二つ、閃光が襲いかかってきた。完全に視界を失い、航平は呻き声をもらして両手で目を覆い、光に背を向けてうずくまった。待ちかまえていたように閃光は続き、複数の靴音が航平を取り囲むように近づいてきた。

3

腰を浮かせ、航平はアスファルトの上を這い逃げようとした。すると、男の一人が言った。

「あれ？　ひょっとして戸川くん？」

航平は手のひらで目をかばい、振り向いた。若い男が両手で構えたごつくて大きなデジタルカメラの脇から、顔を出している。

「やっぱりそうか。俺だよ、安藤《あんどう》」

「ああ」

混乱した頭に記憶が蘇ってきた。高校時代のクラスメイトだ。安藤は歩み寄って、航平の顔を覗き込んだ。

「久しぶり。卒業以来だよね。元気？」

「元気だけど」

戸惑い気味に答え、肩に置かれた安藤の手と満面の笑みを交互に見た。小さく痩せた体と、青白く細長い顔に凹凸の少ない目鼻。その中で睫毛だけが異常に長く、上向きにカールしている。確かに安藤だ。しかし、高校時代の彼は航平に負けず劣らず無口で無表情。いつも教室の隅で、隠れるように本や雑誌を読んでいた。浮いている者同士、遠足のバスの座席や、二人一組でやる課題などでコンビを組まされた覚えはあるが、必要最低限のことしか言葉を交わした記憶もない。

「戸川くん、今なにやってんの？　てか、こんなところで何してるの？」

「バイト。カラオケボックスの。ちょっと人を捜してて」

「ふうん。そうなんだ」

座り込んだままぶつぎりの言葉を返す航平を、安藤は睫毛に縁取られた目をくるくると動かして眺めた。

「知り合いか？」

背後から若い男が歩み寄ってきた。背が高くがっちりとした体つきで、指なしの革手袋をはめた手に安藤のものよりさらにごついデジタルカメラを摑んでいる。後ろには、安藤と似たような背格好で頭に黒いニットキャップをかぶった男もいる。手にはデジタルカメラ。さっきの閃光は、フラッシュだったらしい。

「うん。高校の同級生」

「てことは外れ？　この人、パニッシャーじゃないのか」

「残念ながら」

男二人は落胆の声を上げ、構えていたカメラを降ろした。

「パニッシャー？」

差し出された手を摑んで立ち上がりながら、航平は訊ねた。

「知らない？　最近噂になってる事件。ヤンキーとかホストとかが拉致られて、ケガは全然ないんだけど、めちゃめちゃ恥ずかしい格好させられたうえ、手におもちゃの手錠はめられて発見されるってやつ」

「ああ」

頷き、航平は目の上にかかった前髪を搔き上げた。

「ある筋からパニッシャーがこのあたりに出没するって情報を得て、僕らここんとこずっと張ってるんだよ」

「僕ら？」

「インターネットで、パニッシャーの情報サイトをやってるんだ。あ、携帯サイトもあるよ。見る？」

返事を待たず、安藤はポケットから携帯電話を出した。小さな液晶画面に、『Chase The Punisher ハマの港を騒がす謎の愉快犯・パニッシャーを追跡せよ!!』という大きな文字とおもちゃの手錠の写真が表示され、写真の下には『～パニッシャーに関する情報募集中!!～』という文字が右から左に流れている。

「シャレで始めたんだけどすごいアクセス数で、この間なんか雑誌の取材を受けちゃったよ。最近じゃ、警察も僕らのサイトを捜査の参考にしてるって噂」

明るいが、妙にテンションの高い不安定な早口で捲し立てた。

「ふうん」

「あ、戸川くん、引いてる？　無理もないか。僕、キャラ変わったもんね。でも昔からこの手のキャッチーな犯罪とか、都市伝説みたいなのを調べるのが好きだったんだよ。だけど人に話してもキモがられるか、下手《へた》したら異常者扱いじゃん？　だからずっと一人でそれ系の本とか雑誌とかサイトとか見てたんだけど、ちょい前に思いきってあるサイトの掲示板に書き込みしてみたんだ。そしたら僕と同じようなコアなマニアが大勢いてさ、オフ会開いたら、もうすんごく盛り上がっちゃって」

見れば、安藤と男二人は左胸に「Chase The Punisher」の文字と小さな手錠のイラストが刺繍《ししゅう》されたお揃いの迷彩柄のダウンジャケットを着ている。ハードな迷彩柄は貧相な顔と体つきには明らかに似合っていないが、安藤は嬉々として、とても誇らしげに着ているように感じられた。

「まあ、相変わらず女子とか親とか一般の人は苦手だし、向こうからも嫌われてるんだけど、それなりに居場所見つけたっていうの？　ハジけられる仲間に出逢えて、結構楽しくやってるんだ」

「へえ」

「戸川くんはどう？」

「どうって、別に。普通だよ」

「人を捜してるって言ってたじゃん」

「制服姿の女子高生のグループなんだけど、見なかった？　いま、安藤くんたちが出てきた角の方に入っていったと思う」

我に返り、周囲を見回した。通りを包む闇はさらに深くなり、街灯が点《とも》っている。

「見てないなあ。ミミズバーガーさんはどう？」

「気がつかなかったけど。猫レンジさんは？」

ミミズバーガーと呼ばれた指なし革手袋の男は太い首を横に振り、傍らのニットキャップを見た。安藤たちは、お互いをネット上のハンドルネームで呼んでいるらしい。

「行き先はなんとなくわかるけど」

肩をすくめた後、猫レンジは付け足した。目を伏せ、指先でニットキャップの縁からはみ出した襟足《えりあし》の髪をせわしなく弄《いじ》っている。

「どこですか？」

「ネットカフェ。この先の」

細い声でぶつ切りに返す。安藤が大きく頷いた。

「ああ、ありますね。インテリアとかいかにも女子が好きそうな感じで、たまり場にしてる子も多いみたいですよ」

「詳しい場所を教えてくれないか」

「いいけど、確か会員制だよ。しかも、メンバーの紹介がないと入会できないシステム」

航平は黙り込み、代わりにミミズバーガーが口を開いた。

「猫レンジは、なんでそんな店を知ってるんだ？」

「妹が会員。やっと入会できたって、この間母親に自慢してた」

「妹さんに、僕を紹介してくれるように頼んでくれませんか？」

「無理だよ。この人、妹にきしょいだのヤバいだのさんざんな言われ様で、嫌われてるから。そもそも、恩も義理もないあんたに何でそこまでしなきゃならないんだ」

ミミズバーガーが太く低い声で言い、猫レンジも無言で頷いた。言われてみればその通りだ。納得しかけた時、航平の脳裡にある記憶が蘇った。

「これと引き替えでどうですか？」

ズボンのポケットから携帯電話を出し、親指でプッシュボタンを操作して猫レンジの顔の前に突き出した。液晶画面には、若い男の顔の写真が映し出されている。だらしなく眠りこけた顔には、色とりどりの塗料でいたずら描きがされている。さらに、顔のまわりには大きな星形のスポンジがはめられ、頭の天辺には横浜ベイスターズの野球帽も載せられていた。

「ちょっと前に、カラオケボックスで泥酔したサラリーマンが見つかった事件あったでしょう。あれ、うちの店。後で何かの役に立つかもって店長に言われて、警察を待ってる間に撮影しました」

男たちが感嘆の声を上げた。肩をぶつけ合って身をかがめ、小さな画面に見入っている。

「おお、すげえ。これ、パニッシャーの最新犯行なんだよな。西口のカラオケボックスだろ？　店の名前は確か……ハミングスクエア」

ミミズバーガーが顔を上げた。航平はすかさず指先でベンチコートの左胸を指した。白文字で店名がプリントされている。皮膚の薄そうな頬をかすかに紅潮させ、安藤はかがんだまま首を突き出した。

「戸川くん、すごいね。なにげに重要人物じゃん。この画像、僕らにくれるの？」

「ネットカフェに紹介してくれたら」

黙り込み、全身から拒否のオーラを発する猫レンジの肩を安藤が抱いた。

「猫レンジさん、やるっきゃないでしょう。だって被害者の写真ですよ？　これまでに集めたどんなネタや情報よりも、ビッグでディープじゃないですか。僕からもお願いしますから」

猫レンジは初めて顔を上げ、安藤、ミミズバーガーの順に視線を送った。ミミズバーガーは腕を組み、無言のまま、熱っぽく威圧のこもった眼差しを返した。

「多分断られる。てか、俺からの電話には出ない」

ため息まじりにつぶやき、ポケットから携帯電話を出した。

「やったね」

安藤が航平に囁きかけてきた。

「ありがとう」

「いや、この写真マジですごいし、礼を言いたいのはこっちの方だよ。それに、戸川くんもなかなか面白そうなことになってるみたいじゃない。女子高生を追いかけてここまで来たんでしょ？」

「違うんだ。店のお客で」

「いいっていいって。パニッシャーの話をもっと聞かせてよ。被害者って、どんなやつ？容疑者っぽい人物は見なかった？　警察に証言とかしたんでしょ？　迷惑かからないようにするからさ、今度インタビューさせてよ。ね？」

上ずり気味の早口・ハイテンションで捲し立て、熱っぽい目で航平の顔を覗き込んだ。

そのネットカフェは狭い裏通りにあった。倉庫を改造したらしい平屋の小さな建物で、出入口のガラスドアの脇には、ディズニーキャラクターのプラスチック製の大きな人形が置かれている。あちこちヒビの走ったコンクリートの壁に立てかけられた黒板には、赤いチョークで『Member's Only』と大きく書かれていた。

店に入るなり、つっけんどんに言われた。ガラスブロックの上にアルミ板を張ったカウンターの中から、若い男が値踏みするような視線を投げかけてくる。真冬だというのにタンクトップ姿で、筋骨逞《きんこつたくま》しい腕にはびっしりとタトゥーが入っていた。

「うち、会員制」

「戸川です。紹介の電話があったでしょう」

「ああ」

航平の全身をさらに眺め回した後、男はレジ脇のファイルから入会申込用紙を取り、放り投げるようにカウンターに置いた。ハミングスクエアでこんな接客態度を取れば即刻店長の呼び出し、下手をすればクビだ。

猫レンジの妹を説得するのに、二十分近くかかった。泣き落としやおだては通用せず、結局ハミングスクエアの無料招待券とドリンク・フードサービス券五千円分を航平が用意することで、嫌々ながらも紹介の電話をかけさせることができた。見守る航平たちの耳に、妹のヒステリックな声と「キモい」「ムカつく」という言葉が度々聞こえた。

発行されたメンバーズカードを受け取り、奥に進んだ。天井の高いがらんとした店内は樹脂製の薄いパーティションで区切られ、それぞれのスペースに色遣いの異なるポップでカラフルな雑貨とテーブルセット、パソコンが置かれている。壁際にはコーヒーやジュースなどのドリンクサーバーが並び、ファッション雑誌や情報誌を並べた、大きなマガジンラックもある。客席は七割方埋まり、制服姿の高校生のグループとカップルが目立つが、パソコンに向かっている者はわずかで、ほとんどがイスやソファにだらしなく腰かけ、お喋りや携帯電話弄りに熱中している。

ほどなく、亜依たち一行を発見した。どぎついピンクで統一されたコーナーで、大きな楕円形のテーブルを囲んで座っている。右端の席に亜依の顔を確認した瞬間、素っ頓狂な声が上がった。

「やだ〜。ありえな〜い」

とっさに、航平はパーティションの上から顔を引っ込め、白黒市松模様のビニールタイルが敷かれた床にうずくまった。

「もう六時じゃ〜ん。バイト完全にサボりだ。クビになったらどうしよう」

声は続き、テーブルに伏せるような気配があった。ほっとして、航平は身を伏せたままじりじりと前進し、スニーカーのひもを結び直すふりをしながらコーナーの出入口の脇に移動した。パーティションの際《きわ》から注意深く覗くと、声の主は髪をベリーショートにした小太りの女のようだ。

「ちょっと沙樹、それひどくね？　ハルナがマジヤバいことになってんだよ？　バイトとか気にしてる場合？」

別の席に座ったライトブラウンの巻き髪の女が半疑問形で非難し、細い眉をひそめた。鶏ガラのように痩せ、亜依とは違うデザインのブレザーの制服を着ている。

「あ、ごめんミキちゃん。そういう意味じゃないんだ」

沙樹と呼ばれた女は、慌てて太めの体を起こした。さっき亜依を呼び出したのはこの女のようだ。同級生なのか、同じ制服を着ている。

誰かが不機嫌そうに鼻を鳴らした。テーブルの中央に座った女だ。一際背が高く、手脚も長い。目鼻立ちの整ったかなりの美人だが、ごつくしゃくれ気味の顎のせいでニューハーフに見えなくもない。

「どうでもいいけど。そんなこと言ってる場合じゃないし」

低めの声で突き放すように応えて顔を背け、毛先にシャギーを入れたロングの茶髪をかきあげた。沙樹がほっとしたような顔になり、ミキというらしい巻き髪の女はばつが悪そうに黙り込んだ。どうやらこのハルナという女が、グループのリーダーらしい。

「ずっとこうしてても仕方ないし、そろそろ結論を出そうよ」

とりなすように、沙樹が言った。

「姿を見られてる以上、バックレるのは無理だよね？　だったら学校に連絡されてことが大きくなる前に、パクったマニキュアを返すのが一番だと思う。『ホントは逃げる気はなかったんですけど、急に店員さんに大声でどなられて、怖くて思わず飛び出しちゃったんです』

とかなんとか言って、泣き真似して謝れば許してもらえそうじゃん」

亜依は落ち着かない様子で、さっきから発言する人物とハルナの顔を見比べている。

「そりゃあんたらはいいよ。初犯でしょ？　もしおまわりに突き出されたり、学校に連絡されてもせいぜい謹慎とか停学レベルじゃん？　でもハルナはどうすんの？　前に東口の店でピアスをパクった時にも捕まってるから、下手すると退学だよ？」

再び半疑問形で反論し、ミキはハデなネイルアートを施した指先でグラスのストローを弄《もてあそ》んだ。

「下手しなくても退学だよ。決まってんじゃん。どうしようヤバい、てか超恥ずかしい。万引きで退学なんて、もう一生外歩けないよ」

ハルナが芝居がかった仕草で首を左右に振り、テーブルの上に突っ伏した。ミキと沙樹が席を立ち、ハルナの肩を抱いたり背中をさすったりして励ましの言葉をかける。

沙樹が言った。

「じゃあ、どうするの？」

「だから、さっきあたしが提案したじゃん？　姿を見られたっていっても、全員の顔までは覚えてないだろうし、要はどこの制服の子が何人いたかだけ合ってりゃいいんでしょ？」

ミキが答え、女たちの視線は一斉に亜依に向けられた。

「亜依なら前科ないし成績もいいから、ハルナの身代わりになっても親とか教師とか大して怒らなそうじゃん？　もちろん、例えばの話だよ？　強制とかする気全然ないよ？」

口調に変化はないが、言葉にわずかな圧迫のニュアンスが含まれている。

「うん。わかってる。わかってるけど」

亜依が口を開いた。しかし声は細く不安定だ。身を固くして、顔にかかった黒髪を指先でせわしなくかきあげる。

「いいよ。無理しないで。亜依は大学を推薦で狙ってるんでしょ？　停学とかなったらヤバいじゃん。いくらずっと一緒に遊んできた仲間っていっても、所詮は他人だもん。自分のことを一番に考えなきゃ。当然だよね。あたし、責任取って退学になるよ。なればいいんでしょ」

前半は当てつけ、後半は八つ当たり口調でわめき散らし、ハルナは巻き髪と沙樹の手を振り払って立ち上がった。

「待って、ハルナちゃん。あたし、行くよ」

つられたように立ち上がり、亜依は言った。とたんにハルナは目を輝かせ、亜依に歩み寄って両手で肩を掴んだ。

「マジ？　身代わりになってくれるの？」

「うん。いいよ」

声は落ち着いていたが、愛嬌のある顔は無表情のまま強ばり、瞳だけが絶え間なく揺れている。

ふいに、航平の脳裡にハミングスクエアでの亜依の姿が蘇った。一人ぼっちで、何をする訳でもなくダラダラと時を過ごしているだけ。それでも、ディスプレイ越しに見る亜依がこんな顔を見せたことはない。

胸の底から、これまでに感じたことのない衝動がぐいぐいと突き上げてきた。それがどんな種類のものかわからず、航平は戸惑った。それでもじっとしていることができなくなり、腰を浮かしかけた。

「おい、お前。何やってんだ」

頭上から尖った声が降ってきた。見ると、カウンターのタトゥーの男が仁王立ちしている。はっとして立ち上がりかけた航平の肩を、男の分厚く大きな手が押さえつけた。

「何やってんだって訊いてんだよ。この変態野郎」

「いや、僕は」

「えっ、なに？　こいつ、どうしたの？」

「隠れてコソコソ何かやってた。多分、携帯かデジカメできみたちのスカートの中を盗撮する気だったんだ。入って来た時から、怪しいと思ってたんだよ」

女たちが、一斉に非難と恐怖の声を上げる。

「違う」

立ち上がりかけた航平の肩を、男はさらに強い力で押さえつけた。

「うるせえ。じゃあ何やってたんだよ。言ってみな」

「僕はただ」

話を聞いていただけ、正直に答えても事態が好転するとは思えず、再び黙り込んだ。

「サイテー。てか、キモい」

「死ねよ、デブ」

女たちの罵声が飛ぶ。しかしタトゥーの男が自慢げなニュアンスで、

「安心して。すぐに警察呼んで突き出すから」

と告げると黙り込み、顔を見合わせた。

「警察はまずいよ」

「どうして？」

「盗撮する前だったんでしょ？　なら、被害ないし別にいいよ」

「なに言ってんだよ。常習犯かも知れないじゃん。おまわりに徹底的に調べてもらおうぜ」

「うるさいな。あたしらがいいって言ってんじゃん。放っとけよ」

ハルナが声を荒《あら》らげた。驚いたのか、肩を押さえる力が緩《ゆる》んだ。すかさず航平は男の手を振り払い、立ち上がりざま、スニーカーの踵でジーンズに包まれた向こう脛を蹴り上げた。

呻き声をもらし、男は体を折って床に崩れ落ちた。その拍子に肩がぶつかり、パーティショ

ンが大きな音を立てて倒れる。女たちが悲鳴を上げて飛び退いた。

航平は素早く視線を巡らせた。亜依は横並びになった女たちの中央にいた。背後ではハルナが自分より一回り小さい亜依を盾にするように身を縮め、両肩にがっちりとしがみついている。その指先に施された周到でけばけばしいネイルアートを目にしたとたん、航平の中で何かがぷつんと弾けた。大股で亜依に歩み寄り、ハルナの手からもぎ取るようにして腕をつかんで引き寄せた。

「ちょっと、何するのよ!」

裏返り気味の声で叫び、亜依がもがいた。女たちからまた耳障《みみざわ》りな悲鳴が上がる。

「だって、違うだろ」

「はあ?」

「こんなの、あんたじゃないだろ」

絞り出すように返すと、亜依はぽかんとして航平を見た。亜依の腕を引き、航平は出入口のドアに向かって走りだした。

「ちょっと、どこ行くのよ!」

「亜依ちゃん!」

背中に女たちの怒声がぶつかる。しかし、後を追いかける者はいなかった。

店を出ると通りを奥に、より暗く人通りの少ない方へと走った。しかし、すぐに航平の息が上がり、目に付いた駐車場の敷地に入り、大型のワンボックスカーの陰で足を止めた。

「カラオケ ハミングスクエア」

車体に寄りかかり、肩で大きく息をしていると、亜依がぽつりと呟いた。呼吸を乱すこともなく、航平のベンチコートの胸元に見入っている。

「あんた、あのカラオケボックスの店員？」

航平は額に滲んだ汗を拭いながら頷いた。必要最低限の言葉しか交わしたことがないとはいえ、顔ぐらいは覚えていてくれるかと思っていた。

「なんであたしのこと知ってるの？『あんたじゃない』ってどういう意味？　あの店で何してたの？　まさかあたしたちの会話、聞いてた？」

矢継ぎ早の質問に、航平は一言だけ答えた。

「聞いてた」

「なんでそんなことするの？　目的はなに？」

「別に。ただの成り行き」

「はあ？　あんた、頭おかしいんじゃないの？　てか、変態？　言っておくけどこの携帯、防犯ブザーがついてるんだからね」

噛みつくように言い、亜依は携帯電話を突き出した。敷地の中央に立つ街灯を反射して、ラメとラインストーンのボディが光る。

「あんた、うちの店に来るときいつも一人だよな」

「いきなり何よ。関係ないじゃん。一人じゃ悪いの？」

「一人でいる時が、一番楽しかったりしない？」

亜依の声と動きが、ぴたりと止まった。

「俺も同じ。寂しいとか不安とか、別にない。でも世の中、誰かとつるんでワイワイやってないとおかしいみたいなノリだろ？　決めつけんなよ。俺はこれで十分楽しいんだよ。くつろげてんだよ。放っとけってずっと思ってた」

最後に大きく息をついた。こんなに長く一気に喋るのは久しぶりなので、息継ぎのタイミングがわからない。

「何それ。バカじゃないの。あたしは家だと弟がうるさいから、カラオケボックスで息抜きしてるだけ。別に一人が好きとかじゃないし、さっきの子たちは大切な友だちだし、つるんでワイワイやるのもめちゃくちゃ楽しいから。一緒にしないでくれる？　あんた、マジキモいよ」

携帯電話を振り回し、亜依が睨みつけてきた。しかし、瞳はさっきミキに迫られた時と同じように揺れている。

「わかってるよ。でも、あんたが大切な友だちのためにやろうとしてることも、相当キモいと思うけど」

「あんたに関係ない」

「それもわかってる。何がなんだかよくわかんないし。でも、カラオケボックスで歌も歌わないでただダラ〜ッとしてるだけのあんたは、すごく生き生きして楽しそうだった」

最後の言葉だけは、亜依の目を見てきっぱり言った。口をつぐみ、亜依は揺れる瞳で航平を見返した。

沈黙を破り、亜依の携帯電話が鳴り始めた。

「もしも〜し、沙樹ちゃん？」

張りのあるハイテンションな声。カラオケボックスにいた時と同じだ。

「心配かけてごめんね。うん、全然大丈夫。あのキモい男なら、速攻で撒《ま》いて逃げたから。みんなまだ、カフェにいるんでしょ？　あたしもすぐに戻るね」

淀みなく喋りながら歩きだした。航平を見向きもせず、何ごともなかったように駐車場の出入口に向かい小走りに進んでいく。航平はその小さな背中を、立ち尽くしたまま見送った。

4

「おいおい。マジですか」

航平がベンチコートをロッカーにしまっていると、ため息混じりの声がした。壁のディスプレイの前に立った岩崎がジーンズの細い腰に手を当て、顔をしかめている。

「何よ、どうかしたの？」

雑誌に目を落としたまま、三田村が訊ねた。事務所の中央に置かれたテーブルに座り、遅い昼食を摂《と》っている。軽くカラーリングした長い髪は、無造作にゴムで束ねられていた。

「603号室のおばさん軍団。パーティルーム借り切りで昼間からどんちゃんやってるのはいいんだけどさ、料金込みの一ドリンクをオーダーしただけで、他のものは全部自前だぜ。フードとドリンクの持ち込みは禁止だって、受付でちゃんと言われてるはずなのに。ありえねえよ」

「ふうん。で、どうするの？」

「あのおばさんたち、常習犯なんだよな。前に他のバイトが見逃して店長に叱られてたし、このままスルーじゃまずいでしょ。誰か行って、ビシッと言ってやらねえと」

「誰がビシッと言ってやるわけ？」

「俺はパス。逆ギレされて、取り囲まれてぎゃあぎゃあ言われるなんて想像しただけでぞっとする。それってある意味セクハラ？　ここはほら、女同士ってことで穏便に」

「あたし、休憩中」

サンドイッチをぱくつきながら、きっぱりと返す。わざとらしく舌打ちした後、岩崎は航平に目を向けた。

「ジャンケンしましょう」

ロッカーのドアを閉め、航平は言った。三田村が顔を上げ、振り向く気配があった。

「おお、戸川くん。珍しくポジティブなサジェスチョンだね。いいよいいよ。俺ジャンケン大好き。どこがって、フェアなところが。当然三田村さんも参加だからね」

上機嫌で目尻を下げ、歩み寄ってきた。

「人の話聞いてる？　休憩中って言ったじゃない」

「まあまあ、いいじゃん。参加することに意義があるっていうか、枯れ木も山の賑《にぎ》わいっていうか」

「何よそれ。枯れ木も山の賑わいって、使い方全然違うから。そんなんでよく大学に入れたわね」

グチりながらも、三田村は椅子から腰を上げた。三人で輪になり、岩崎は握った拳を振り上げた。

「はい、最初はグー。ジャンケンポン！」

放射状に伸びた腕は胡散臭いほど日焼けした一本がパー、他の二人はチョキだ。

「え〜っ、マジ？　ありえねえよ。なんでいつも俺なんだよ」

開いたままの手をかざし、岩崎はわめいた。それを無視して、航平と三田村はそそくさと離れる。後を追い、岩崎が猫なで声で顔を覗き込んできた。

「ねえねえ、戸川くん。代わってくれない？　もちろん、タダとは言わないよ。明日の昼飯おごるから。じゃなきゃ女の子を紹介しようか。俺、こう見えて結構顔広いんだぜ。やっぱ戸川くんの好みはツインテール？　メイド服？　『ご主人さま』とか『お兄ちゃん』とか、呼んで欲しい系でしょ」

「ちょっと。どさくさにまぎれて、なに言いたい放題言ってんのよ。岩崎くん。フェアなところが好きなジャンケンに負けたんでしょ。だったら潔く行きなさいよ」

「なんだよ。俺が全部悪いのかよ。マジでここ店の客、レベル低過ぎ。西口商店街なんて、頭の悪いガキとダサいリーマンとババアばっかじゃん」

「岩崎くんはテンパると必ずパーを出す」

ふいに口を開いた航平に、岩崎と三田村は驚いたように目を向けた。

「ここのバイトはみんな知ってますよ。たぶん岩崎くん以外全員。それと、確かにここは岩崎くんが思うような横浜とは違うかも知れない。でも、僕はこの街もここのお客さんも好きです。どこにでもあるような繁華街かも知れないけど、自分の街って思えるのはここだけだから」

淡々と言い、前髪の隙間から二人を見返した。ドアが開き、池辺が顔を出した。

「ねえねえ。誰か受付代わってくれない？　氷川きよしくんのコンサートのチケットが、今日発売なのを忘れてたのよ。娘に電話して予約させるから、五分だけお願い」

「僕、入ります」

短く応え、航平は歩きだした。厨房を抜け、ドアを開けて受付カウンターに入る。気持ちを分析するより早く、言葉がつるつると口を突いて出た。初めてのことだが、気分は上々だ。この気持ちがどれだけ続くかはわからず、すぐに後悔することになるかも知れない。それでも、傷ついたり失ったりして困るようなものは、今の航平には何もない。それが不思議と晴れがましく、爽快だった。

夕方からの混雑を前にフロントホールは閑散としていた。液晶モニターではねじりはちまきにはっぴ姿の氷川きよしが、黄色い声援が飛び交う中、見得を切りながら芝居の台詞らしきものを喋っている。

パソコンで今夜の予約状況をチェックしていると、出入口の自動ドアが開いた。寒々しい純白のタイルの床を、若い女が歩いてくる。濃紺のピーコートにプリーツのミニスカート。肩にはナイロンのスクールバッグ。亜依だ。

「いらっしゃいませ」

内心の動揺を気取られないように、いつもより声を張った。あの事件から約二週間。顔を見せるのは初めてだ。

カウンターの前で立ち止まり、亜依は無言でメンバーズカードを差し出した。

「ただ今の時間、メンバー割引適用で二時間六百円となります。よろしいですか？」

亜依がこくりと頷く。一瞬目が合ったが、アイラインとマスカラに埋もれがちの目に動きはなかった。

必要以上に速く、大きな動作で航平はメンバーズカードをスキャナーに通し、パソコンのキーボードを叩いて空き部屋を探した。

「何も変わってないから」

ふいに亜依が口を開いた。ピーコートのポケットに両手を入れたまま、そっぽを向いている。

「あんたに言われたことなんて、これっぽっちも影響受けてないから」

手を止め、航平は亜依の横顔に見入った。

「あの後、ネットカフェに戻ってあたしの気持ちをハルナちゃんに伝えたの。『身代わりになるのは全然構わないの。でも、このことは今日からあたしたちの秘密になるよね？　これまでもみんなでいろんな思い出とか秘密とか作ってきたけど、これはよくない。あたしたち、きっとダメになる。今よりもっと辛いことがあっても、話を聞いてくれる人がいなくなっちゃうんだよ。それって推薦受けられなかったり、退学になるより辛くない？』って。でも、あんたに言われたからじゃないよ。初めから、ちゃんと言うつもりだったんだから」

「わかってるよ」

「ハルナちゃんは怒って、『イヤならイヤって言えばいいじゃん』って泣きだしちゃったんだけど、みんな妙にシーンとしちゃって。そこに『どうしたの？』って、あんたを捕まえた店員さんが来て、ハルナちゃんは全部話したの。そしたら店員さんが、カフェのオーナーさんに相談してくれたの。あそこのオーナーさんて、青年実業家っていうの？　まだ若いんだけど、カフェとかショップとか経営してて顔も広いんだって。で、マニキュアを盗んだ化粧品屋の人に上手く話をつけてくれたの。ハルナちゃん、すごく喜んで店員さんのこと、『超いい人。好きになっちゃったかも』だって。最近、毎日カフェに通ってる」

ハルナにとっては、いい人＝都合のいい人という気がしなくもないが、亜依が納得しているのなら仕方がない。

「そのせいで前ほど集まって遊ばなくなっちゃったけど、みんなもバイトとか部活とかあるみたいだし。楽しそうだから、まあいいかって」

「ありがとう」

「何が？」

「いや。話してくれて」

目を伏せ、もごもご言うと、亜依は航平の手からメンバーズカードを引ったくった。

「うわ、キモ。何それ。勘違いしないでよね。あたしは遊びに来ただけだから。この店で過ごすのが好きなだけで、あんたは全然関係ないし」

「俺だって」

言いたくて言った訳じゃない。何か返さなければと焦り、口が勝手に動いただけだ。しかし、言葉にする度胸と気力はなかった。

小さく息をつき、航平は伝票を挟んだプラスチックバインダーを差し出した。

「316号室。エレベーターを降りて、右手突き当たりの部屋」

「何よ、その態度。やな感じ。店長に言いつけてやるから」

子どもっぽく口を尖らせ、バインダーを手に亜依は歩きだした。

「あ、ご利用は一名様でよろしかったですか？」

ふと気づいて訊ねると、亜依は足を止め振り返った。胸を張り、航平をまっすぐに見て答える。

「そうよ。文句ある？」

「一名様、二時間六百円。確かに承りました」

カウンターに両手をつき、深々と頭を下げる。ふいに胸の中に、浮き立つものを感じた。

「あとチョコレートパフェ。大至急だからね」

閉じかけたエレベーターのドアから、亜依の声が飛んできた。

再び人気の絶えた受付で、航平はレジの金を整理しながら池辺の帰りを待った。

これからの二時間、バックヤードのディスプレイには、雑誌を読んだり、マニキュアを塗ったりしてダラダラと過ごす亜依の姿が映し出されるのだろう。

亜依は変わらないことを固持し、主張する。自分はどうなのか。少しずつ動いているような気もするが、周りが動いていることを錯覚しているだけなのかも知れない。それでも、たった一人で、カラオケボックスにいながら一曲も歌わず、そのくせ荒《すさ》んだり寂しげな顔は微塵も見せない人がいる、それだけでなんとなく心が照らされているように思える。大丈夫。きっといつか自分も安藤のように、「それなりの居場所」を見つけられる。

手にした千円札の向きを揃えながら、航平はこれから厨房でいかに手際よくチョコレートパフェを作るか、頭の中でシミュレーションを始めた。

走れ空気椅子

1

「ほんま、すんません。キティ姐《ねえ》さん。このとおりですさかい、許して下さい」

アクセントの怪しい大阪弁で言い、ミチルは深々と頭を下げた。

「ふん。その手には乗らないわよ。ピングー、あんたがあたしのこと裏でどう言ってるか、知らないと思ったら大間違いだよ。『あのロートルババア、白塗りのデカい顔をよ〜く見るとシワだらけけらしいよ』だの『悔しかったら横顔見せてみ、飛んだり跳ねたりしてみ』だの、ちゃ〜んとリラックマが報告してくれるんだから」

朝子《あさこ》は腕を組み、醒《さ》めた目でミチルを見下ろした。縦にも横にも大きな体を、赤白ボーダーのTシャツと青いサロペットで包んでいる。口の周りはドーランの黒い楕円で囲み、頭の左側に赤い大きなリボンをつけている。

ミチルは舌打ちし、客の前に向き直った。細く小さな体に白いスエットの上下を着込み、両腕にはウレタンで作った黒く大きなヒレをつけている。金髪のショートカットは黒いニットキャップで隠し、口の周りと唇を、深紅のドーランで楕円形に塗っている。

「しもた。リラックマのガキ、新入りやおもて甘い顔見せたらこれや。ちくしょう、覚えとき。後で背中のチャック下ろして、水玉の内臓引きずり出したる」

顔をしかめて呟くと、客がどっと沸いた。広場の隅に陣取り、アパレルメーカーのビルボードが背景セット、モザイクタイルが敷き詰められた地面が客席だ。最前列には、制服姿の女子高生のグループが立っている。笑うときには示し合わせたように頭をのけぞらせ、手を叩く。後ろには大学生か専門学校生らしいカップル、学習塾のロゴマーク入りバッグを背負った小学生もいる。

「あんたは粘土の体一つで成り上がった身だ。人気が出て、天狗になるのもわかるよ。でも、あたしだって志村けんがドリフの正式メンバーになった年から、キャラクターグッズ業界でトップ取ってやってきてんの。ナメてもらっちゃ困るよ。双子の妹のミミィとも相談したんだけど、ここは一つ、浦安からミッキー師匠に来てもらってビシッと」

「ひぃ～っ！　滅相もない。ミッキー師匠ゆうたら、業界のドンやないですか。嫌われたら生きていかれしまへん。キティ姐さん、この通りですわ。なんでもしますさかい、それだけは勘弁して下さい」

「ふうん。ホントになんでもする？　じゃあ、あいつ消しちゃってよ。あのオランダ生まれのムカつく白ウサギ」

「え？　それひょっとして、ミッフィー姐さんのことですか？」

「あいつ、嫌いなのよ。あたしの鼻が○で向こうの口が×とか、ポーカーフェイスが売りとか、横からのショットは御法度《ごはっと》とか、昔から微妙にキャラが被ってるし」

「いやでも自分、ミッフィー姐さんには同じ出稼ぎキャラってことで、デビュー当時から何かとかわいがってもらってて」

「あっそう。いいわよ、わかったわよ。でも、あたしに刃向かったとなったら、うちのシナモロールやマイメロディも黙っちゃいないよ」

ややこもり気味の低い声で返し、朝子は腰にしがみつくミチルを突き飛ばした。

「あうっ！　姐さん、ご無体な」

大袈裟に体を伸ばしモザイクタイルに倒れ込むと、客たちはさらに沸いた。傍らを行き交う通行人が、何ごとかと目を向ける。

「姐さん。後生ですさかい、考え直して下さい」

「何すんのよ。ウザい。てかあんた、魚臭いよ」

「仕方あらへんでしょう。ペンギンなんだから。姐さんこそ、プロフィールで『身長・リンゴ5コ分。体重・リンゴ3コ分』って謳《うた》ってる割には、デカすぎでデブすぎですよ。そのリンゴって『祝』とか『寿』とか入ってる、青森名産超大玉フジりんごとか――」

笑いの中、言葉を切り朝子のオチの台詞を待つ。しかし朝子はミチルの頭をぽかぽかと殴るだけで何も言わない。

「朝子、オチよ、オチ」

体を左右に振り、すがりつくポーズを取り続けながらちらりと視線を送った。朝子は両手を動かしながらぼんやりと、三白眼の目を泳がせるだけだ。焦《あせ》って口を開こうとした時、

「え〜い、うるさい。つべこべ言ってないで、YOU、やっちゃいなよ!」

最前列の女子高生の一人が、笑いを含んだ声で朝子に代わってオチを叫ぶ。それを聞いて、はっとしたように朝子の目に生気が戻った。背後に置いた携帯用音楽プレーヤーのスピーカーから、リズミカルな音楽とハイテンションな女のアナウンスが流れだす。

「は〜い、よい子のみんな。今日はキャラクターショーに来てくれてありがとう。お待ちかねのキティちゃんと、ピングーくんの登場だよ」

子どもの歓声が上がり、若い男の勢いのいい声が続く。

「キティさん、ピングーさん、出番です。今日も宜しくお願いします」

とたんにミチルも朝子も背筋を伸ばし、満面の笑みになった。

「はぁ〜い」

明るく返し、子どもっぽいよちよちとした歩行で下手《しもて》に捌《は》けた。音楽が高まり、子どもの歓声が高まる。ビルボードの裏の隙間に身を隠すと同時に音声がフェードアウトし、客席から拍手が沸いた。客の前に駆け戻り、ニットキャップとリボンを外し、深々と一礼する。

「空気椅子でした。どうもありがとうございました。来週も同じ時間にここでライブをやります。ぜひ、いらして下さい」

客たちがばらけ始める。最前列の女子高生のグループが、歩み寄ってきた。

「ミチルちゃん。超面白かった」

一人が言った。グループのリーダー格ですらりとした美人だが、よく見ると顎がしゃくれている。隣のベリーショートで小太りの女が同意し、大きく頷く。

「朝子ちゃんも。ヤバいよ、すんげえ笑った」

微妙にデザインの違う制服とピーコート姿だが、みんな似たような化粧をし、ハイテンションの早口だ。

ウレタンのヒレを外しながら、ミチルはぺこりと頭を下げた。

「オチでトチっちゃった。ごめんね」

「えっ、あれ演出でしょ？　みんな普通にそう思ってるよ？」

半疑問形で言い濃いアイメイクで飾られた目を瞬かせたのは、巻き髪の痩せた女だ。返事に困り、ミチルは横目で朝子を見た。朝子は俯いたまま、指先でサロペットの肩紐を引っ張っている。

「どっちでもいいよ。超ウケたし。来週もまた来るね」

「来月のオーディションも、がんばってね。みんなで応援に行くから」

「うん。ありがとう」

「絶対優勝してよね。うちら、空気椅子のファン第一号なんだから。早く売れてメジャーになって」

「了解。がんばります」

手をひらひらと振り、女子高生たちは歩きだした。その背中が人混みに消えるのを待ち、ミチルは振り向いた。

「どっちでもいいよ、か」

一瞬早く、朝子が口を開いた。三白眼の目で、ぼんやりと空《くう》を見ている。

「あんたのポカをあの子たちなりの言葉でフォローしてくれたんでしょ。感謝しなさいよ。まったく、どうなってんのよ。最近トチってばっかりじゃない」

「このネタ、何か違う気がする。もうやりたくない」

「はあ？　なに言ってんのよ。これ考えたのは朝子でしょ。それに、ファンシーグッズキャラの楽屋裏はうちらの鉄板ネタじゃん。ネットのお笑いサイトとかで話題になってるみたいだし、ライブの客だって増えてきてるよ」

「ウケるのはこのネタだけ。みんな新しい何かを求めてるんじゃない。お約束の笑いの、答え合わせをしに来てるだけ。仲よしクラブのなれ合いライブ」

「また訳わかんないこと言いだしたよ。ええやん。ウケるなら、答え合わせでも仲よしクラブでも。うちら、まだそんなことで悩むようなステージちゃうやん。それ、大御所クラスの悩みやん」

薄く小さな手のひらを払い、朝子の肉のみっしり詰まった肩に突っ込みを入れる。朝子は表情を変えず、横目でミチルを見下ろした。

「そのインチキ大阪弁、いい加減ウザい」

「なに言ってんのよ。もとはといえば、あんたが『なかなかデビューできないのは、標準語だからかも。関西弁だと同じこと喋っても三割増ぐらいで面白く感じられるし』とか言うからでしょ。あんたのアイデアを私がやってみせる、それがうちらのスタイルじゃん。それでずっとがんばってきたんじゃん。今さらなんなの？　おかしいよ、朝子」

しかし朝子は、押し黙ったまま俯いている。

二人が漫才コンビ・空気椅子を結成して間もなく三年になる。高校の同級生で、ともにお笑いマニア。シャレでコンビを組み、文化祭でネタをやったところ大ウケし、その気になって卒業と同時に上京した。同居してバイトで生計を立てる傍ら、テレビ局や芸能プロダクションが主催するオーディションに応募したり自由参加のライブに出演したり、ストリートライブを開いたりした。この広場では、二年ほど前から週に一回のペースでライブをやっている。汚れた川にかかる正方形の広い橋と、その先に建つファッションビルの玄関が広場になっている。昼夜を問わず人通りが多く、それを目当てに屋台やキャッチセールス、ビラ配り、ストリートミュージシャンやダンサーなどが集まって来る。漫才やコントを披露する若者も何組かいたが、女のコンビは珍しく、当初から人目を惹いた。とくに若い女の集客がよかったので、女同士によくあるシチュエーションやファッションなどをテーマにネタを作ったところ、客はぐんと増えファンもついた。しかし、不特定多数の客が相手のホールライブでのウケはいまいちで、オーディションもあと一歩というところで及ばない。

「とにかく、今度のオーディションまでにはコンディションきっちり整えてよね。あの子たちも応援してくれてるし、これが最後とは言わないまでも、今までで一番のビッグチャンスなのは間違いないんだから」

音楽プレーヤーを片づけ、帰り支度をしながらミチルは言った。

三週間後の日曜日、ビブレ前広場にほど近い劇場で新人芸人発掘オーディションが開催される。主催者はお笑い芸人やバラエティータレントを多く抱える大手芸能プロダクションで、優勝すれば単独ライブとテレビのレギュラー番組が約束され、入賞でもプロダクションに所属することができる。空気椅子は先だって行われた一次、二次審査を突破し、最終審査二十組にエントリーされている。

「ちょっといいかな」

振り向くと、四十過ぎぐらいの男が立っていた。フィールドコートにジーンズ、スニーカーと格好はラフだが真冬だというのにムラなく日焼けして、小じゃれた眼鏡をかけている。

「ライブを見させてもらったよ。すごく面白かった。僕はこういう者なんだけど」

　差し出された名刺には『㈱ファーイーストテレビ　チーフディレクター　新井田豊《にいだゆたか》』とある。

「ファーイーストテレビって、バラエティー番組をたくさん作ってる制作会社ですよね。『お笑いタッチダウン』とか『ゲラライブ60分』とか」

「さすがによく知ってるね。ちょっと話があるんだけど、いいかな」

「話ってなんの？」

「もちろん仕事だよ。きみたちのセンスと才能を見込んで、頼みたいことがあるんだ」

　思わず二人で顔を見合わせた。驚きと期待、不安の入り交じった目がお互いを見ている。

「ひょっとして疑ってる？　後でうちの会社のホームページを見てよ。僕の顔写真が載ってるから。もちろん、電話をかけて社の人間に確認を取ってもらっても構わないよ」

「どうする？」「話を聞くだけならいいんじゃん」「だよね」アイコンタクトを取ったあと、ミチルは新井田に向き直った。

「そこのお店でも構いませんか？」

「もちろん。きみたちの好きなところでいいよ」

　新井田が笑った。歯の白さと、ちっとも笑っていない目が胡散臭いことこの上ない。しかし、その胡散臭さがいかにも業界人ぽくもある。

ビブレ一階のコーヒーショップに入った。

「いま、こういう番組作ってるんだけどね」

テーブルに向かい合って座ると、新井田は台本らしい薄い冊子を手渡した。表紙に仰々しい書体で、『仰テン！　目がテン！　日本全国キタコレ★ニュース』と印刷されている。

「この番組、見てます。ジャパンテレビで、毎週水曜日午後十時ですよね？　めっちゃおもろいです」

エセ関西弁になり、ミチルは目を輝かせた。朝子も無言で大きく頷く。

「そりゃ話が早い。きみたち、パニッシャーって知ってるかな。半年ぐらい前から横浜で起きてる事件の犯人。被害者はヤンキーとか主婦とかサラリーマンとかバラバラなんだけど、発見される時には動物園のモルモットの檻で糞まみれになってたり、カラオケボックスで顔に横浜ベイスターズのホッシーのペインティングされてたり超恥ずかしい格好なんだ。あとお約束なのが、必ず手首に」

「手錠でしょ。おもちゃのアルミのやつ」

ミチルが身を乗り出すと、新井田もならった。

「やっぱり知ってた？　何か情報ない？」

「情報はないけど、ここらじゃパニッシャーは有名人、てかスターですよ。やることがハデでおもしろいし、全然捕まらないし。何より、被害者を気絶させるだけでケガ一つ負わせないってとこがイケてる」

「そうそう、そうなんだよ。だから今度うちの番組でも取り上げようと思ってね」

「へえ。じゃあ犯行現場を取材したり、被害者をインタビューしたりするんですか？」

「そのつもりだったんだけど、発見された時の状況が状況だからか、取材を受けてくれる人が見つからなくてね。それにこの事件はワイドショーや週刊誌がさんざん取り上げてるから、視聴率稼ぐにはうちの番組だけの目玉がないと」

「目玉？　どんな？」

新井田は芝居がかった仕草で左右を見回し、潜めた声で答えた。

「パニッシャー最新犯行の被害者の単独インタビュー」

「すごいやないですか。被害者は、どこのどなたさんですか？」

「きみたち」

「はあ？　なんですか、それ」

「だからさ、これまでの犯行データを元にこっちで状況と被害者を予想して、起こったこととして撮影するわけ」

「それってひょっとして」

「やらせ」

ぼそりと朝子が呟き、新井田は手のひらを大きく横に振った。

「いやいやいやいや。だからさ、あくまでも犯行の抑制と、横浜の皆さんへの注意を促すのが目的なんだって。それには、よりリアルな仕掛けをしないと」

「そうでっしゃろか」

「そうでんがな。きみらもこの業界で食っていきたいなら、そのへんは理解しといてもらわないと」

「はあ」

「つまり、そちらが用意した台本通りに私とミチルがパニッシャーの被害者を演じてインタビューに答えるってことですね？」

スローペースだが、はっきりとした口調で朝子が訊ねた。

「そうそう、そういうこと。きみ、見かけより頭いいね。きみらが被害者だってわかれば、口コミやネットの噂を含めてすごく盛り上がると思うんだよ。二人とも面白いし、広場の人気者みたいじゃない。ストリート発、しかも横浜でもメジャーなスポットじゃないってところが逆にキャッチーだし。ひょっとして、そこ狙ってた？」

「えっ、なんでわかるんですか？」

「やっぱりね。いや、なかなかいいよ。目立つにも生き残るにも、戦略は必要だ」

ミチルが大袈裟に驚くと新井田はしたり顔で頷き、大して長くもない脚を組んでコーヒーをすすった。その姿を身を乗り出したまま食い入るように見つめるミチルを、朝子が醒めた目で眺める。

本当は狙いも戦略もない。始めのうちはストリートパフォーマンスの聖地・代々木のNHKホール前や、秋葉原の歩行者天国でライブをやっていた。しかし人とライバルの多さ、レベルの高さに圧倒され、より郊外へ、こぢんまりとした場所へと流れていった。これではいけないと話し合い、自信とプライドが折り合った場所が横浜だった。しかし、伊勢佐木町商店街や桜木町駅前などではスペースが取れなかったり、ヤンキーや酔客にからまれたりしてあちこちさまよい歩いたあと、ようやく辿り着いたのがビブレ前広場だった。

「でも、広場の人気者だけで終わる気はないよね？　きみらはもっと上のステージに行けるし、今がそのタイミングだと思うよ。もちろん、僕らもバックアップさせてもらうつもりだ。ギャラははずむし、番組で空気椅子の漫才をオンエアするし、ライブのプロデュースも考えてる」

再びミチルと朝子の視線がぶつかった。さまざまな思いで揺れる目が、お互いを見ていた。

2

藤棚の柱の陰からミチル、朝子の順で小走りに駆け出た。

「どうも～、こんにちは。空気椅子です。コンビ名を名乗ると、よく『体育会系なの？』って訊かれるんですけどね、中身はバリバリ文化系、乙女なんですよ」

身振り手振りを交え、ミチルは滑舌《かつぜつ》よく話しだした。足元には砂場、目線の先にはブランコと滑り台がある。

「私なんてもう、かわいいもの大好き。キティちゃんとかミッキーマウスとか、キャラクターグッズに目がないんです」

朝子が大きく、顎を上げながら鼻を鳴らす。

「ちょっと、何よ」

「甘い」

「甘いって何が？」

「あんたは知らない。ファンシーキャラクターたちの裏の顔を」

「裏の顔？　何よそれ。そんなもの、あるはずないでしょ」

「いや、ある。あたしは知ってる。ハローキティ、あいつは腹黒い。キティ・ホワイトとか名乗っといて、腹んなか真っ黒」

「はい、カット！」

通りのいい声が飛び、新井田が歩み寄ってきた。

「朝子ちゃんさ、キティとかミッキーとかの名前を変えられないかな。著作権とかうるさいし、ネタがネタでしょ？　ヤバいんだよね」

「でも、名前を変えちゃったらこのネタは成り立たないんですけど。それに新井田さんは、このネタを見て私たちを面白いって」

「わかったわかった。じゃあここは後回しってことで、先に襲われた時の状況を撮っちゃおうよ。諸岡《もろおか》ちゃん、ちょっといいかな」

新井田はカメラマンの男と話を始めた。腰に大きなウエストポーチを巻いたＡＤの若い男に促され、ミチルと朝子は藤棚の下に移動した。その間にも、数名のスタッフが忙しそうに公園の中を行き来している。

「やっぱりこの話、断った方がよかったかも」

ぼそりと、朝子が言った。

「今さらなに言ってんのよ。二人であれだけ話し合って、出ようって決めたんじゃない」

「だってこれ、ダサすぎでしょ」

開いた台本を見せる。

放送作家が考えたという筋立ては、深夜自宅アパート近くの公園でネタ合わせをしていた二人がバイトの疲れからつい眠り込んでしまい、目覚めるとミチルはレイザーラモンＨＧの「フォー」、朝子は小島よしおの「そんなの関係ねえ」のポーズを取らされた上でジャングルジムに縛りつけられていたというものだった。幸い、もがいているうちに手錠が外れたため、事なきを得たという設定だ。

るだけなんて芸がなさ過ぎ。パニッシャーは絶対こんなことしないと思う」

「そんなこと、あんたが憤慨してどうすんのよ。いい？　これはチャンスなの。事情はどうあれ、全国ネットの人気番組に出られて、少しだけどネタも流れるんだから」

「そりゃそうだけど」

「あんた、よく言ってるじゃん、『きっかけはどうあれ、本物の才能は必ず世に出る』。それがこの番組かも知れないよ」

「わかってるけど、何か嫌な予感がする」

朝子が太く濃い眉を寄せた時、ＡＤが駆け寄ってきた。

「空気椅子さん、スタンバイお願いします」

「は〜い」

条件反射で同時に声を張り、満面の笑みを返す。そして、導かれるままジャングルジムに向かった。

番組が放送されると、すぐに反応があった。まずインターネットの匿名掲示板と動画投稿サイトで話題になり、他局のワイドショーやスポーツ新聞も食いついた。気をよくした新井田は翌週の放送でミチルたちをスタジオに呼び、事件発生当時の様子をより詳しく大げさに語らせた。事件のセンセーショナルさと二人のかけあいの軽妙さ、さらに空気椅子の漫才も誘い水となり、空気椅子の名は若者を中心に、知ってるとちょっとリードした気分になれる存在として広まっていった。

「そやからね、私らパニッシャーは売れない芸人ちゃうか、話してます。あのセンスっちゅうかツボっちゅうか、すごくシンパシー感じる部分があるんですよ」

唾を飛ばし、ミチルはひな壇から前屈みに身を乗り出した。

「そうなの、朝子ちゃん？」

司会の中年男が、先端に番組のキャラクター人形のついた指示棒で朝子を指した。イタリアンブランドの高級スーツが小柄、大顔、短足の典型的昭和体型に驚くほど似合っていない。朝子は無言のまま、大きな背中を丸め、前髪の隙間から三白眼で上目遣いに男を見つめた。

「怖っ！」

男がオーバーリアクションで怯えると、客席がどっと沸いた。前列の中堅どころの芸人が振り返り、煙たそうな目を向けた。

「自分ら本当は出身どこなん？　その適当な大阪弁、関西人が聞くとむっちゃ気分悪いんやけど」

「そげんこつ、答えられる訳ないあるよ」

すかさずミチルが返す。客席はさらに沸き、芸人は、

「なんやそれ。出身地どころか国籍も適当やん」

と、さらに突っ込んだ。

「はい、OKです。いったん休憩に入ります」

スタジオにADの声が響き、張り詰めていた空気が緩んだ。ひな壇に並んだお笑い芸人、タレント、グラビアアイドルなどが一斉に席を立ち、控え室に引き上げ始めた。ミチルと朝子は誰へともなしにぺこぺこと頭を下げ、最後尾をついていく。

「お疲れ。休憩中に、『JUGON』のインタビューを入れてるの。ライターとカメラマンが、向かいのビルの喫茶店で待ってるから。私も電話を一本かけたら、すぐに合流する。よろしくね」

黒いパンツスーツ姿の若い女が歩み寄り、早口で告げた。さして長くもない髪を無理矢理束ね、両手に携帯電話とシステム手帳を抱えている。ファーイーストテレビの社員で、空気椅子のマネージャーだ。二人の身は、とりあえず新井田の預かりということになっている。

「はい。わかりました」

ミチルが頷くと、女は携帯を開きながら歩き去った。

「すごい。『JUGON』だって。よくコンビニで立ち読みして、『ブレイクして絶対出ようね』って話してた雑誌じゃん。やったね、朝子」

一夜にして世界が変わるって、本当にあるんだな。ミチルは最近よくそう思う。同時に、足下から湧き上がるぞくぞくするような快感を噛みしめる。

『仰テン！　目がテン！　日本全国キタコレ★ニュース』が放送されてからの二週間、ミチルと朝子の携帯電話は鳴りっぱなしだ。田舎の友だち、両親、親戚、高校時代の担任の教師までが電話やメールで賛辞と応援の言葉を送ってくる。しかも二人が芸人を目指すと言った時、鼻で笑ったり反対した者ほどリアクションが大きい。

朝子が口を開いたのは、乗り込んだエレベーターのドアが閉まり動きだしてからだった。

「こんなのブレイクじゃない」

「なんでよ。ちゃんとウケてるじゃない」

「ネタにウケてるんじゃない。うちらの存在を面白がってるだけ。珍獣扱い。エリマキトカゲやウーパールーパーと一緒」

「古っ！　いつの時代の話よ。ウーパールーパーとか見たことないし。だからさ、今そんなことで悩んでどうするのよ。どんな大御所さんも、出始めは珍獣扱いだったじゃん。舞台に出て来ただけで、笑えたじゃん。違う？」

「違わないけど、でも、やっててちっとも楽しくない。ビブレ前広場で女子高生相手にやってた時の方が全然楽しかった」

「なに言ってんのよ。笑いの答え合わせ、仲よしクラブのなれ合いライブって言ったのはどこの誰？　いいじゃん、楽しくなくても客が笑ってくれれば。親が死んでも舞台に立つ、顔で笑って心で泣く。それがプロの芸人ってもんでしょ」

「なんか話が微妙にズレてる気がする」

「いちいちうるさいな。あんたさ、せっかくデカく生まれたんだからもっと大きく、広い視野で物事をとらえなさいよ。そりゃ始めに考えてたのとは少し違うけど、いい風吹いてるのは確かじゃん。新井田さんだって、『きみらは絶対売れっ子になる。仕掛けもばっちり考えてるから任せてくれ』って言ってくれてるし」

「あのオヤジ、嫌い。あいつの仕掛けなんて、ロクなもんじゃないよ。それに知ってる？　うちらにはいくつかの芸能プロダクションから、スカウトが来てるんだって。あいつはその全部に『所属事務所は俺が決めてほしいと二人に任されてる』とか調子のいいこと言って、接待を受けたり他の仕事を回してもらったりしてるらしいよ」

「それ、ソースは何よ？」

「ネットの掲示板の書き込み」

「いい加減にしてよ」

ため息をつき、ミチルはエレベーターの壁によりかかった。

「うちら、もうそんなものに一喜一憂してるステージじゃないの。好き嫌いで物事を決めるのはやめてくれない？　そういうピュアな部分があるから面白いネタが作れるんだと思うけど、子どもじゃないんだからさ。好き嫌いの先とか、周りにあるものを考えようよ」

朝子がまた黙り込み、エレベーターは一階に着いた。警備員に目礼し、裏口から外に出る。通路を抜けて表通りに出ると、出入口を囲むように立っている女たちが一斉に視線を向けた。俗に言うおっかけで、寒空の下、お目当ての芸能人が出てくるのを待ち続けている。

出てきたのがミチルたちだとわかると、女たちのほとんどが目をそらしたり露骨にがっかりしたような顔をした。しかし中に数名、握手を求めたり声援を送ってくれる子もいた。

「ミチルちゃん！」

女たちを押しのけるようにして、制服姿の女子高生が数名近づいて来た。

「あ、どうも。応援ありがとう。がんばります」

さっさと歩きだした朝子を横目で見ながら、作り笑顔で手を差し出す。

「なに言ってんの。うちらのこと、忘れちゃったの？」

見覚えのある茶髪とマスカラ、アイライン重視の化粧が施された顔が並んでいた。ビブレ前広場のライブの常連客だ。

「みんな、久しぶり。どうしたの？　学校は？」

「学校なんか行ってる場合じゃないよ。ミチルちゃんたち、もう二週間もライブやってないじゃん。どうしたの？　うちら待ってるんだよ」

「ごめんね。急に忙しくなっちゃって。でも、みんなのことは忘れてないよ。そうだ。近いうちにホールでワンマンライブができそうなの。招待するから、今日のところは勘弁してよ」

「何それ。ひどくね？　うちらをごまかす気満々じゃね？」

グロスがたっぷり塗られた唇を尖らせ、けばけばしいスカルプチャーをつけた指でロングの巻き髪をかき上げる。

「ごまかすなんてそんな。何よ、みんな。空気椅子を応援してくれてたんじゃないの？　メジャーになるのが嬉しくないの？」

「嬉しいよ。でもさ、こんな切り捨てるようなやり方、あんまりだよ。それにメジャーになるとか言って、パニッシャーの話をするか、バラエティー番組のひな壇で振られたネタにリアクション取ってるだけじゃん。あたしは空気椅子の漫才が見たいの」

別の一人がきっぱりと言った。ライトブラウンの真ん中分けショートボブで、小さな目は厚いメイクに埋もれそうだが、眼差しはまっすぐで光も強い。

思わず言葉を失い、振り向いた。朝子は立ち止まり、ショートボブの女をじっと見つめている。

「そうだよ。学校や家でイヤなことあっても、ミチルちゃんたちの漫才を見れば笑える、明日も何とかやっていけるって思えるの。だから応援してきたんだよ」

「ねえ、来週のオーディション、ひょっとして出ないの？　みんなで楽しみにしてるんだよ」

「もちろん出るよ。あ、でも確かその日はファーイーストテレビで打ち合わせの予定が入ってて」

「ひどくね？　あの広場ごと、うちらもバイバイってこと？　それって裏切りじゃね？」

「違うよ！　なんでそんなこと言うの」

ミチルの声が聞こえたのか、警備員が近づいてきた。

「やべ」

豪快な舌打ちを合図に、少女たちはばたばたと走り去った。

「大丈夫です。なんでもありませんから」

警備員に笑顔を返し、ミチルは朝子の後を追った。

「今の言いぐさ、あんまりだと思わない？　これまでさんざん、『がんばってね』だの『絶対売れてね』だの言ってたクセに。私だって漫才やりたいよ。でも、やらせてもらえないんだから仕方がないじゃん。親のすねかじってぬくぬく暮らしてるガキに、あれこれ言われたくないっつうの。ねえ、朝子？」

返事はなく、表情に変化もないのでミチルはさらに続けた。

「それにさ、今のお笑いの世界じゃ、売れてる芸人ほどネタはやらないんだよ。テレビに何本もレギュラー持ってCMにもばんばん出まくってる若手芸人で、すぐにネタが思い浮かぶコンビが何組いる？　ネタなんか一度も見たことない人だって、大勢いるじゃん。いい悪いに拘わらず、ネタやんないでテレビに出続けてる芸人が勝ち組なんだよ」

ふいに朝子が立ち止まった。

「それ、マジで言ってんの？」

「マジっていうか、現実でしょ。私は目の前の仕事を一生懸命やりたいだけ。それで売れたら、結果的にいい仕事だったってことじゃん。やりたいことは、売れてからやって遅くないよ」

ああ違う。こんなことを言いたいんじゃない。そう思いながらも言葉が勝手に口をつく。

朝子は黙りこくり、ミチルは喋り続けた。その周囲を大勢の人と車が通り過ぎていった。

仕事を終え、帰宅したのは明け方だった。タクシーを降りてアパートの狭い階段を上がる。身を切るように冷たく澄んだ空気の中、スニーカーの底がコンクリートを踏むくぐもった音だけが響いた。あの後、取材や収録の場以外で二人に会話はない。

ミチルがドアのカギを開けていると、低く抑揚のない声がした。

「何これ」

朝子の大きな手の中に、飾り気のない白い封筒と便せんがあった。ドアの新聞投入口に押し込まれていたらしい。

「何かの請求書？」

ミチルの問いかけに、便せんを広げて見せる。

『俺様の名を騙《かた》る不届き者。相応の制裁を加える。覚悟しておけ　パニッシャー』。新聞を切り取った、大きさも書体もばらばらの文字が貼りつけられていた。

「何これ」

ミチルの言葉に、

「あたしが訊いてるんだけど」

珍しく朝子が突っ込んだ。

気配を感じ、二人同時に振り返った。階段を駆け下りる音、続いて通りを走り去る音がした。しかし二人とも身動きできなかった。

3

一瞥《いちべつ》するなり、新井田は便せんをテーブルに投げだした。ジーンズは穿き古しのボロだが、革靴は新品のグッチだ。

「こんなもん、気にしちゃダメだよ」

椅子にふんぞり返り、長くもない脚を組む。

「これだけじゃないんです。ここ何日か、私と朝子の携帯に非通知の無言電話が何本もかかってきたり、後をつけられてるような気配も感じるんです」

「きみたちみたいに急に売れると、妬《ねた》んでいやがらせをする連中が現れるんだよ。有名税、出る杭は打たれるってやつ？　あ、石井《いしい》ちゃん。例の件なんだけどさあ」

通路を通りかかった若い男を呼び止め、話し始めた。

ミチルがマネージャーの女に頼み込み、移動の合間に赤坂のファーイーストテレビに新井田の元を訪れていた。

「でも、この文面。『俺様の名を騙る』って書いてありますよね？　この間のインタビューがやらせだって知ってるのは、今のところうちらと番組スタッフ数人、あとはパニッシャー本人だけですよ」

「まさか、パニッシャーがこの手紙を送りつけてきたって言うの？　そんなバカな。ねえ、朝子ちゃん」

顔を背《そむ》けるか、上目遣いの三白眼で一瞥するだけかと思いきや、朝子は大きく頷いた。

「パニッシャーは、こんなダサいことしないと思う」

「ダサいってどこが？」

「ポストに脅迫状って、ベタすぎ。文面も陳腐。おまけに貼りつけてある文字をよく見ると、全部スポーツ新聞やオヤジ臭い夕刊紙のだよ。あれだけ演出にこだわる犯罪者が、こんなスカスカで突っ込みどころ満載のことをする訳ない」

視線を泳がせたまま、表情を変えず一気に話した。その勢いに圧されたように、新井田が黙り込む。

「とにかく、警察に届けてもらえませんか」

「警察ねえ」

煙たそうに返し、新井田は頭をかいた。

警察にはインタビュー放送後、すぐに出頭している。そこでも新井田が用意した台本通り、「ジャングルジムに縛りつけられたのは事実だが、友だちのいたずらの可能性も高く、番組で検証してもらってから警察に通報しようと応募した」と証言、多少叱られはしたもののジャパンテレビのプロデューサーも手を貸し、うまくことを収めてくれた。

「さっき話してた、ファンの女子高生の仕業って可能性はないの？　多いんだよね。自分たちだけのものと思ってた芸人やアイドルが売れだすと、裏切られたとか逆恨みしちゃうパターン」

「それはないです。怒ってたのは確かだけど、そんなことをするような子たちじゃない」

「始めに言ったよね。きみたちは、もっと上のステージに行くべきだって。そのためには、切り捨てなきゃいけないものもあるんだよ。あの広場からは卒業してもらわないと。とにかく、しばらく様子を見よう。マネージャーを増やすとか、方法は考えるから。下手に動いて週刊誌にでも目をつけられて、あのインタビューの裏事情をすっぱ抜かれたりしたら、きみらだって困るでしょ」

「それは困りますけど」

「OK。決まりだね。そろそろ移動した方がいいんじゃない？　今週もスケジュールびっしりだからね。がんばって」

貼りつけたような笑顔で告げ、新井田はさっさと立ち去った。

言葉通り、新井田はその日からミチルたちにボディガード兼運転手として若手男性社員をつけてくれた。しかし、依然無言電話や見張られているような気配は続いた。しかもそれはすべて、マネージャーが席を外したほんの一瞬に起きた。ミチルと朝子は不安を募らせ、神経を尖らせながら次々と仕事をこなし、乞われるままにパニッシャーについて話し続けた。

その日は妙に道路が渋滞し、街を行き交う人の数も多かった。

「今日って何曜日でしたっけ？」

シートに背中を預けたまま、スモークガラス越しに街を眺めミチルは訊ねた。

「日曜日だけど」

運転席の男がハンドルを握りながら答えた。細身のスーツにノーネクタイ、顎の真ん中にヒゲを一筋生やしている。

「ああ、日曜日か。だからこんなに混んでるんだ」

「曜日の感覚がないのは、売れっ子になった証拠だよ」

「そうかな。あははははは」

乾いた笑いをもらすと隣で眠りこけていた朝子が口を半開きにしたまま、がばと起き上がった。

「オーディションの日じゃん」

「そうか。今日だわ。脅迫状騒ぎで、すっかり忘れてた」

「どうする？」

「どうって言われても」

「なに？　どうかしたの？」

助手席の女が振り向いた。今日も黒いパンツスーツ着用。髪を無理矢理アップに結《ゆ》っているので、後れ毛がたてがみのように飛び出している。

「どうする？」「言うだけ言ってみようか」「だね」視線で話をまとめ、ミチルが口を開こうとした時、女の携帯電話が鳴った。しばらく話した後、再び振り向いて言った。

「この後、会社で新番組の打ち合わせなんだけど、私たちは一件立ち寄りができちゃったの。悪いんだけどここから歩いて行ってもらえる？　そこの横道を入ってまっすぐ行けば、すぐだから」

控えめにネイルアートを施した指で車窓を指す。

「はあ。でも」

「大丈夫。ほんの五十メートルぐらいだし、何かあったら会社か私に電話して」

自信満々に言い切られ、仕方なく車を降りた。

狭い通り沿いに大小のビルが建ち並んでいる。車は多いが、人通りはほとんどなく、街灯も少ない。

日が傾きかけた通りを周囲を見回しながら歩き始めてまもなく、朝子が言った。

「どっちみち、間に合わないよね」

「えっ？」

朝子は腕時計を見ていた。ミチルもジャケットの袖を押し上げ、自分の腕時計を覗いた。午後三時過ぎ。オーディションで空気椅子の出番が回ってくるのは午後四時半ごろと聞いている。今からタクシーを飛ばして横浜に向かっても、ぎりぎり間に合うかどうかというところだ。

「うん。間に合わないよ」

だからこれでいいんだよ。自分に言い聞かせるように心の中で呟き、両手をポケットに入れた。

気配を感じ、二人同時に振り返った。二十メートルほど後方に人影があった。頭と体を黒いマントで包み、顔に骸骨を縦に引き延ばしたようなデザインの白いプラスチックのマスクをかぶっている。アメリカのホラー映画『スクリーム』で殺人鬼が着用したもののレプリカで、おもちゃ屋のパーティグッズ売り場でよく見かける。

短い悲鳴を上げ、ミチルは朝子にしがみついた。

「でで出た。パニッシャー」

「違う。今どき『スクリーム』ってチョイス、あり得ないし。ベタ、てかパクリじゃん」

「バカ。何のんきなこと言ってんのよ」

朝子の突っ込みに、さらにミチルが突っ込んだ。うろたえながら携帯電話を取り出そうとすると、男は包丁を振り上げ、走り始めた。飛び上がって朝子の腕をつかみ、ミチルも走りだした。

目で通行人を捜し、頭の中でファーイーストテレビのビルまでの距離を測りながら必死で走った。通りに、ばたばたという足音が響く。

前方に人影が現れた。複数、しかもこちらに向かって走って来る。

「助けて！」出かかった叫びが、喉で止まった。ジーンズやミニスカートの私服姿だが、ミチルたちのファンの女子高生グループだ。みんな恐ろしい形相で甲高い声で何か叫びながら近づいて来る。

思わず足を止め振り向くと、包丁の男はすぐそこまで迫っている。

「朝子、どうしよう」

腕を引っ張ったが、朝子は惚《ほう》けたような顔で女子高生たちと男に交互に視線を送っている。

「ごめん！　うちらが悪かった。謝る。全面的に謝る」

何が悪くてどう謝るのかわからなかったがとりあえずそう叫び、ミチルは両手を顔の前で合わせた。

「どいて！」

数メートル先まできたところで先頭の一人が叫び、腕を振り上げた。「空気椅子の漫才が見たい」と言った、ライトブラウンのショートボブの子だ。朝子を引っ張り、ミチルが脇にのくと、ショートボブは手の中の何かを前方に投げつけた。街灯を反射してきらりと光る。ビーズでデコレーションを施した携帯電話のようだ。携帯電話は、大きな弧を描き包丁の男の額を直撃した。鈍く重たい音がして、男は包丁を取り落としてうずくまった。

「やりぃ！」

足を止め、リーダー格のしゃくれ顎の美人が叫ぶ。その脇を仲間二人が追い越し、なぜか方向転換して通りの向かいに走った。

中腰のまま固まっているミチルたちに、女子高生が歩み寄って来た。

「ダメじゃん。何やってんの」

肩で息をしながら、ショートボブが眉をひそめた。

「何って、それはこっちの台詞で」

「ミチルちゃんたち、携帯電話の電源をずっと切りっぱなしでしょ？　何度もメールして、電話もかけたんだからね」

しゃくれ顎の美人が、手にした携帯を見せる。

「ごめん。いろいろあって」

「どうしてもオーディションに出て欲しかったの。これが最後でもいいから、空気椅子の漫才で笑いたいと思ったの。なのに全然つかまらないし、テレビ局やファーイーストテレビに電話しても取り次いでもらえないし。でも、この間『その日はファーイーストテレビで打ち合わせ』って言ってたでしょ？　だから待ち伏せしてたの。そしたら車が停まってミチルちゃんたちが下りてきたんだけど、その後の様子が超怪しくて」

「怪しい？」

「ミチルちゃんたちを降ろして走り去ったはずの車がまた戻って来て、そのマントの男が降りてきたんだよ」

「えっ。じゃあまさか」

振り向くと、男はアスファルトに座り込んだままだった。傍らには包丁が転がっている。男は片手に自分で外したらしいマスクをつかみ、もう片方の手で額を押さえていた。苦痛で歪んだ口の下には一筋のヒゲが見える。マネージャーの男だ。駆け寄ろうとしたミチルの足を、

「こっちも捕まえたよ」

という声が止めた。

通りの向かい側に走った数名がこちらに戻って来る。よく見れば、ベリーショートの小太りと半疑問形で話す痩せた女だ。その真ん中に両腕をつかまれ、首に後ろからバッグのショルダーらしきものを巻きつけられて目を白黒させている中年男が一人。

「新井田さん⁉」

「こいつも後から合流して、向かい側の歩道から隠れるみたいに、ミチルちゃんたちの後をつけ始めたんだ。最初は何かのロケなのかと思ったの。撮影してるし」

ショートボブが視線と顎の動きで、新井田の右手を指した。ビデオカメラが握られている。

「でも、ミチルちゃんたちはマジで怖がってるみたいだし、ヤバげな空気を感じたんで、飛び出しちゃった」

「そうだったんだ。みんな、ありがとう……新井田さん、これどういうことですか？」

呆然として訊ねると、新井田はジェスチャーで「苦しくて話ができない」と訴えた。しゃくれ顎美人の合図を受け、新井田の背後に立つベリーショートがショルダーを握る手を緩めた。激しく咳《せ》き込んだあと、新井田は血走り、潤んだ目でミチルを見た。

「どうもこうも……局のプロデューサーに、『パニッシャーが番組に挑戦状か⁉　みたいなデカいネタが欲しい』って言われたんだよ。だからきみらが謎のストーカーに追い回されて、襲われた現場を偶然カメラが撮影、パニッシャーかどうかは調査中って構成を考えたんだ。

でも、きみらアドリブは利くけど演技はいまいちでしょ。だから仕方なくしばらくの間、リアルに怖がってもらうことにしたんだよ」

「えっ。じゃあ、あの脅迫状とか無言電話とかは」

「俺とスタッフでやった」

「なるほど」

納得という様子で朝子が頷くと、新井田はすねたように顔を背けた。

「悪かったな。ベタでダサくてオヤジ臭くて」

「でも、ちょっとひどくないですか？　私たち、本当に怖くて夜もろくに眠れなかったんですよ」

「だから悪かったって。今日の撮影が終わったらすぐに事情を明かして謝るつもりだったんだよ。それに全部きみらのためにやったことなんだぜ。言っただろ、仕掛けはばっちり考えてるって」

「ざけんなよ」

ミチルと朝子の声が重なる。目が合うと、朝子が口の端を上げ、にやりと笑った。久しぶりに見る笑顔だ。

「その言いぐさはなんだ。誰のおかげでここまでこれたと思ってるんだ。俺がおまえらを最初に見つけて、拾い上げてやったんだぞ」

「はあ？　適当なこと言ってんじゃねえよ、おっさん」

ショートボブが声を張り上げ、他のメンバーからもブーイングが起きた。

「誰が最初に見つけたって？　どうせネットをちょろっと覗いて、『こいつらがちょうどいいや』って思った程度で、ネタもロクに見ちゃいないんでしょ。あんたみたいなオヤジにうちらの面白いも、空気椅子の漫才もわかりゃしないよ」

迷いのない言葉が、テンポよく繰り出される。ミチルと朝子は突っ立ったまま、その姿を見つめていた。

「なんだと、このガキ。おい、この手を離せ。さもないと」

「おまわりでも呼ぶ？　でも、このシチュエーション、どう考えても呼ばれて困るのはそっちだと思うけど？」

半疑問形の突っ込みに、新井田は黙り込んだ。

「二人とも、ここはうちらがなんとかするから。もう行って」

「行くって、どこへ？」

「決まってるじゃん。オーディションだよ。車を飛ばせば、間に合うかも知れない」

「でも」

ミチルが口ごもると、新井田が首を突き出した。

「おい、どこに行く気だ。行ったらどうなるかわかってんだろうな。この世界で飯が食えないようにしてやるからな」

「うるさい。いちいちベタなこと言うんじゃねえよ。聞いてるこっちが寒いんだって。二人とも早く行って。大丈夫。こんなオヤジがどうわめこうと、ジャッジするのはうちらだよ。周りが何を言おうがネタが面白きゃ笑うし、つまんなきゃブーイング。そんだけ」

一喝したあと、ショートボブが目配せをした。ベリーショートが歩道の端から身を乗り出してタクシーを探す。しかし、空車のランプを点《とも》した車はなかなか来ない。

「どうする？　電車で行った方が早いかも」

振り向いてそう言った時、ショートボブが駆けだした。止めるまもなく車道に飛び出し、両手を大きく広げる。近づいてきた車が急ブレーキをかけ、停車した。荷台に薄汚れた幌をつけた軽トラックだ。ボディに大手文房具メーカーの社名がペイントされている。

運転席から顔を出した男に、ショートボブが歩み寄った。

「お兄さん。この車は横浜ナンバーだよね？　ひょっとして、これから向こうに帰るところ？」

「そうだけど」

勢いに圧されたのか、こくりと頷く。歳は二十代半ば、青白い顔に無精ヒゲが目立つ。

「この二人を荷台に乗せていってくれない？　ふか～い事情があって、大急ぎで向こうに行かなきゃならないの。ちゃんとお金を払うし、後でお礼もするから。二人にお兄さんの連絡先教えておいて。ね？」

「ダメダメ。規則で人を乗せちゃいけないことになってるんだ」

「そんなこと言わないで。お願い」

「お兄さんの会社、横浜にあるんでしょ。うちらも横浜出身。仲よくしようよ。助け合おうよ」

「これだけ頼んでダメって、あり得なくね？　人としてヤバくね？」

取り囲んで騒ぐと男は顔をしかめ、急に投げやりで面倒臭そうな口調になって言った。

「絶対に外に顔を出さないでよ。あと、厄介ごとはごめんだからね」

女子高生たちが歓声を上げてハイタッチを交わし、朝子とミチルは急いで車の後ろに回った。荷を下ろした後なのか、荷台はがらんとしていた。乗り込んだ二人に、ショートボブは言った。

「がんばってね。うちらも、できるだけ早く追いかけるから」

「ありがと」

幌を張るための骨組みにつかまって立ち、朝子は三白眼の目でショートボブと他のメンバーに視線を送った。

「来週、ビブレ前広場で。新ネタ披露」

「マジ？　約束だよ」

朝子がこくりと頷き、車は走りだした。

ミチルが口を開いたのは、車が角を曲がり、大通りに出てからだった。

「大丈夫かな。やり直せるかな」

「当たり前じゃん。てか、やり直しじゃない。第二幕。ネオ空気椅子」

「何それ」

「それに、広場は逃げない。うちらを待ってる。スタジオじゃなく、ビブレ前広場。ひな壇じゃなく、客と地続きのモザイクタイルの上。カメラじゃなく、一人一人の客の顔を見ながらネタをやる。ゴージャス」

「どこがよ。まあでも、そういうことにしておくか。それよかオーディションだよ。どうする？　もう何週間も、ネタ合わせしてないじゃん」

荷台の奥にうずくまり、振動で声を震わせながらミチルは眉根を寄せた。ふいに朝子が腰を上げ、荷台の後ろ際に立った。

「ちょっと。外に顔を出しちゃダメって言われたじゃん」

「どうも～。空気椅子です。コンビ名を名乗るとよく、『体育会系なの？』って訊かれるんですけどね。中身はバリバリ文化系。乙女なんですよ」

幌の骨組みに摑《つか》まり、抑揚のない声でミチルの身振り手振りを真似て喋りだした。

「朝子」

「私なんてもう、かわいいもの大好き。キティちゃんとか、ミッキーマウスとか、キャラクターグッズに目がないんです」

大きな背中が吹き込む風によろめき、振動に揺れた。その姿を、後続車のドライバーが呆気にとられ眺めている。

「ちょっと。どういうつもり」

這い出て、ミチルも反対側の骨組みを掴み立ち上がった。

「甘い」

「甘いって何が」

仕方なく、かけ合いを始める。

「あんたは知らない。ファンシーキャラクターたちの裏の顔を」

「裏の顔? 何よそれ。そんなもの、あるはずないでしょ」

がたんと音がして車が跳ね、ミチルはよろけた。隣から大きく温かな手が伸びてきて、その肩をしっかりと支える。

「いや、ある。あたしは知ってる。ハローキティ、あいつは腹黒い。キティ・ホワイトとか名乗っといて、腹んなか真っ黒」

「またまた」

「ミッキーマウスはもっと黒い。ミニーってレコがありながら、プーさんにも」

「今どきレコとか言わない。小指も立てない。てか、プーさんてオスじゃん。えっ、ミッキーっておすピー系？」

「ううん。おすプー系」

「訳わかんないし」

夕日が幌の中に差し込み、スポットライトのようにミチルと朝子を照らした。ようやく流れだした通りを、二人を乗せた車は縦に横にがたぴしと揺れながら走り続けた。

ヨコハマフィスト

1

はずみをつけ、光治《こうじ》は段ボール箱を荷台から抱え上げた。路肩《ろかた》に停めた軽トラックの周囲に駐車監視員がいないか念入りに確認し、小走りに駆けだす。

靴音を響かせ、白い息を吐きながら歩く人々の間をぬって歩道を横切り脇道に入った。横浜駅西口のオフィス街。表通りには高層ビルが建ち並ぶが、一本脇に入ると小さな雑居ビルや倉庫、商店が目立つ。

通りの中程のビルに入り、薄暗くがらんとしたエレベーターホールに進んだ。軍手《ぐんて》をはめた手で壁の上りボタンを押す。頭上の階数表示ランプが点り、鉄のドアの向こうでモーターが重たい音を立てて回り始めた。

顎を引き、段ボール箱の上に貼られた伝票に視線を走らせた。品名はコピー用紙、届け先は五階のデザイン事務所だ。『午前八時必着！』というシールが添えられているが、ここに午前中に配達に来て人がいたためしがない。

不在伝票を見て、たぶん昼前には再配達依頼の電話がかかってくる。その後の配達ルートは……ベージュのペンキが塗られたエレベーターのドアを眺めシミュレーションしていると、チャイムが鳴ってドアが開いた。段ボール箱を揺すり上げ一歩踏み出したとたん、足が止まった。

色褪せたビニールタイル敷きの狭い床いっぱいにけばけばしい花柄のこたつ布団が広げられ、上に湯飲み茶碗とみかんを盛った籠が置かれた木目の天板が載っている。奥には折りたたみ式の座椅子が置かれ、女が座っていた。俯いているので顔は見えないが、明るい茶髪の巻き髪に胸元が大きく開いたドレス姿で、上に田舎臭い縦縞の綿入れ半纏《はんてん》を着込んでいる。

光治が呆気にとられていると、するするとドアが閉まった。

なんだありゃ。何かのいたずら、じゃなきゃ罰ゲーム？　どっちにしろ、関われば厄介なことになりそうだ。階段を使い、何も見なかったことにしようか。いや、不自然すぎて後々疑われるかも知れない。そもそも、あの女は生きてるのか？

仕方なく段ボール箱を床に下ろし、もう一度ボタンを押してドアを開けた。

「あの、すみません」

首を突き出し、恐る恐る声をかけた。しばらくの沈黙のあと、半纏の肩がかすかに揺れ、女がうめいた。ほっとして、光治はこたつ布団をつま先で蹴りのけながら籠の内に入った。

「大丈夫ですか？」

膝を折って座り、顔を覗き込んだ。髪の艶《つや》と肌の張り、胸の弾力からして若い女のようだ。女はさっきより少し大きな声でうめき、首を横に振った。顔に覆い被さった髪の隙間から、見開かれた黒い目が光治を見る。短い悲鳴を上げ、光治は壁際に這い逃げた。

化け物か？　いや、そんなバカな。ちゃんと生きてるし、ケガもしてなさそうだ。必死に言い聞かせ、振り返った。よく見れば、目は閉じたまぶたの上にマジックで描かれたものだ。安堵と脱力でふらつきながら、光治は再び女に近づいた。

「ちょっと。しっかりして。どうしました」

肩を揺さぶり、耳元に問いかける。女はぶつぶつと呟きながら、だるそうに頭を左右に振った。オカメインコを彷彿させる濃いチークと、ギラつくラメ入りのリップグロス。ケバいが、目鼻立ちはそこそこ整っている。

こうなったら仕方がない。とりあえず警察、いや救急車か。観念して腕を引き、腰を上げた。ふと、左手に違和感を感じた。軍手の指先が、めくれ上がったこたつ布団の角に留められた何かに引っかかっている。薄紫の紙片で幅一センチ、長さは十センチほど。二つ折りにして輪の部分を安全ピンに通し、端をホチキスで留めている。前面には『片倉町《かたくらちょう》⑥898』の文字と、バーコードが黒いインクで印刷されていた。クリーニング屋のタグらしい。引っ張ったり捻《ひね》ったりしてホチキスの針を外そうとしたが、上手くいかない。仕方なくタグを安全ピンごとこたつ布団から外し、軍手も手から引き抜いてジャンパーのポケットに押し込んだ。

作業ズボンのポケットから携帯電話を出して番号をプッシュしていると、女は細い眉をしかめ、天井の灯りを遮るように両手を顔の前に上げた。灯りを反射し、何かがきらりと光った。手を止め、光治は目を向けた。女の細い手首には、おもちゃの手錠がはめられていた。

解放されたのは日暮れ間近だった。ぐったりと肩を落とし、光治は戸部《とべ》警察署の敷地を出た。あのあと救急車を呼んだが、一緒に駆けつけてきた警察官に留まるように言われた。上司に事情を説明し別の配達員を手配してもらえたが、現場検証と事情聴取で一日潰れてしまった。

取りあえず会社に連絡しようと携帯電話を取り出し、気配を感じて視線を上げた。目の前に青白い顔の若い男が立っていた。

「な、なんですか」

ぎょっとして身構えた光治を、男は上目遣いに見つめ続ける。小柄痩せ形で顔も地味だが、小さな目を縁取る睫毛は黒々として長く、綺麗にカールしている。

「すみません。今朝、鶴屋町《つるやちょう》で起きた事件の第一発見者の方ですよね?」

「そうですけど」

「被害者が手におもちゃの手錠をはめられていたって、本当か?」

黒々睫毛の後ろから別の男が姿を現した。背が高くがっちりとした体つきで、黒く長い髪を後ろで一つにくくり、両手に指なしの革手袋をはめている。その横にはさらにもう一人、小柄でやや太め、黒いニットキャップを目の上ぎりぎりまで下げてかぶった男もいた。二人とも首からごつく大きなデジタルカメラを下げ、ぱんぱんに膨《ふく》らんだナイロンのデイパックを背負っている。

「おたくら、なんですか」

新聞か雑誌の記者かと思ったが、若すぎるし風体が露骨に怪しい。

「僕たち、パニッシャー事件検証サイトの管理人です」

「検証サイト？」

黒々睫毛は頷き、迷彩柄のダウンジャケットの左胸を指した。「Chase The Punisher」の黒い文字と銀の手錠のイラストが刺繡されている。他の二人も同じジャケット姿だ。

「見ろ」

指なし革手袋が抱えていたノートパソコンを開き、液晶ディスプレイを光治に突き出した。

黒地の画面の中央に「Chase The Punisher　ハマを騒がす謎の愉快犯・パニッシャーを追跡せよ！」という大きな文字が並び、脇におもちゃの手錠の写真が添えられている。

「パニッシャー事件に関することはすべて取材して、犯人像のプロファイリングや次の犯行の予想なんかもやってる。アクセス数は一日平均三百。多いと、千オーバーの日もある」

淡々と説明し、指なし革手袋は画面をスクロールさせたり、切り替えたりした。ここ半年ほどの間に横浜の街で起きた連続拉致暴行事件について、経緯や現場のルポ、関係者のインタビューなどが文章と写真、動画で紹介されていた。被害者は年齢、性別、職業ともバラバラだが、皆気絶させられた上で花壇に首まで埋められたり、動物園のモルモットの檻に糞まみれで転がされていたりと珍妙な姿で発見され、手首には必ずおもちゃの手錠がはめられている。犯行は街の若者たちの間で話題となり、犯人はいつしか処刑人《パニッシャー》と呼ばれるようになった。警察は捜査本部を設置して血眼《ちまなこ》で犯人を追いかけているが、今のところ容疑者すら浮かんでいないらしい。

ふいに目の前にプラスチックのファイルが現れた。ファイルをつき出しているのは、ニットキャップだ。面食らっていると、黒々睫毛が説明した。

「少し前に受けた雑誌の取材の記事です。噂ですけど、警察も俺らのサイトを捜査の参考にしてるらしいです」

「はあ」

「今朝、またパニッシャーの犯行らしき事件が起きたと聞いて駆けつけて来ました。よければ、お話を聞かせてもらえませんか」

「それはちょっと」

「お願いします。顔も名前も出さないと約束するし、絶対迷惑はかけませんから」

「無理です。刑事さんにも事件のことは喋るなって言われてるし、会社に戻らないと」

「では、明日の夜はどうですか？　勤め先は光文堂ですよね。文房具や事務用品メーカーの」

「なんで知ってるんですか⁉」

「さっき、発見現場のデザイン事務所の人から聞きました。お得意さんなんでしょう？　名前も覚えてましたよ。高垣《たかがき》光治さん。礼儀正しくて、再配達を頼んでも嫌な顔ひとつしないで来てくれるから助かるって評判も上々」

啞然として言葉を失ったが、黒々睫毛は構わず続けた。

「で、明日なんですけどどうします？　会社まで迎えに行きますよ。関内《かんない》の営業所でしたっけ」

「勘弁して下さい。うちは女子社員が多くて、ちょっとしたことでもあっという間に噂になるんです。今日の事件だけでも厄介なのに、あなたたちに押しかけてこられたら、それこそ大騒ぎだ」

「でしたら、これから三十分だけ。以後二度とご迷惑はかけないと約束します」

「本当に三十分だけ。名前も顔も出さないで下さいよ」

渋々承諾すると黒々睫毛はにんまりと笑い、他の二人に目配せをした。

「了解です。そうそう、自己紹介がまだでしたよね。僕のことはターボババアって呼んで下さい。歳は二十歳、職業はフリーターです」

「ターボ……なんですか、それ」

「僕らは元々オカルトサイトの掲示板で知り合って、その時のハンドルネームです。どうしてもっていうなら本名も名乗りますけど、あんまり好きじゃないんだよな」

人の勤め先やら名前やらを勝手に調べておいて、その言いぐさか。疑問と矛盾は感じるが、この手の連中は、キレると何をしでかすかわからない。

続いて、指なし革手袋が進み出た。

「俺はミミズバーガー。歳は二十五、家事手伝い。よろしく」

「二十五？　僕と同い歳ですか。老けて……いや、貫禄ありますね」

「猫レンジ。二十歳。大学生」

ニットキャップは目を伏せ、指先で襟足の髪を弄《いじ》りながら早口で名乗った。

ババアにミミズに猫。訳のわからなさ加減に目眩《めまい》がする。とにかく三十分の我慢だ。光治は自分にそう言い聞かせ、三人の後について歩き始めた。

地下鉄で横浜駅西口の繁華街パルナードに出た。まっすぐに延びる通りに、ファストフードショップやカラオケボックス、居酒屋などが並び、狭い歩道を学生やカップル、仕事帰りのサラリーマンなどが肩をぶつけ合いながら行き来している。

光治は足を速め、前を行く三人に肩越しに話しかけた。

「どこまで行くんですか。その辺のファストフードか、ファミレスでいいでしょう」

「まあまあ。もうすぐですから。その広場の先に、時々作戦会議に使う店があるんです」

ターボババアが前方を指した。

大きな川があり、そこにかかる正方形の大きな橋が広場として使われている。橋を渡ったところに建つファッションビルの名前を取り、ビブレ前広場と呼ばれている。光治もたまに通るが昼夜を問わず人通りが多く、それ目当てのビラ配りやキャッチセールスの姿も目立つ。日暮れ後や休日はミュージシャンやダンサー、お笑い芸人の卵たちが広場の隅でパフォーマンスを披露し、小さな人だかりができる。

「山田くん」

ミミズバーガーが、広場から出てきた若い男を呼び止めた。ひょろりと背が高く、寝癖のついた黒髪に銀縁メガネ、着古したダッフルコートという出で立ちで、胸に大きな手提げ紙袋を抱えている。

「これはパニッシャーサイトの皆さん。こんばんは」

「ちょっと山田、何やってんのよ」

律儀に挨拶をする山田という男を押しのけ、若い女が顔を出した。歳は二十歳そこそこ。セミロングの茶髪にアイメイク重視の濃い化粧、フードにボアのついたジャンパーを着てスキニージーンズの腰に大きなヒップバッグを巻いている。怯えたように、猫レンジとターボババアが目をそらした。

「チハルちゃんも一緒か。どうしたんだ、今日はずいぶん上がりが早いな」

「なんだ、ミミズか。どうもこうもないわよ。あれ見てよ」

鼻を鳴らし、チハルと呼ばれた女は煙草をくわえながら顎で広場を指した。明らかに年上の相手を呼び捨て、しかもタメロだ。

「えっ、なんだよあれ」

ミミズバーガーの声に、光治も視線を向けた。

モザイクタイル敷きの四角く広い空間をビルのネオンと街灯が照らし、コートやジャンパーを着込んだ人々が白い息を吐きながら行き交っている。一見いつも通りだが、広場を囲むコンクリートの塀と鉄製のフェンスの前にカラーコーンが数メートル置きに並べられ、周囲に白いビニールひもが張り巡らされている。

「一昨日《おととい》の朝、通りにトラックが停まったと思ったら作業服の男が下りてきて、たむろってた若い子のグループを追い出してコーンを並べ始めたの。若い子の一人が文句を言ったら、『市役所の者だ。補修工事をするから立ち入り禁止。演奏やダンスも禁止』だって」

「補修が必要な場所なんてあったか?」

「ううん。でもその日から警備員がウロつくようになって、ちょっとでもコーンをさわったり、別の場所でパフォーマンスをしようとすると怒るの」

「マジで？」

「マジマジ。お陰で妙にピリピリした空気になっちゃうし、人通りも減るしで仕事になりゃしない。仕方がないからこれから場所替えだよ。超迷惑。ありえない。山田、なにボサっと突っ立ってんの。行くよ」

言いたいことだけ言うとチハルは煙草をふかし、歩きだした。

「では失礼します。これ、よろしければどうぞ」

ぺこぺこと頭を下げ、山田は紙袋からポケットティッシュをつかみ出して光治たちに配った。チハルの背中が人混みに紛れ、消えるのを確認してからターボババアは言った。

「今の二人は広場でティッシュとかビラ配りをしてます。チハルって子はおっかないけど仕事の腕は確かだし、街の噂や裏話をよく知ってます。他にも同じような情報通は何人かいて、そこから聞きだしたネタやネットの書き込みを検証していくんです」

「はあ」

呆然と相づちを打ち、光治はポケットティッシュに印刷された出会い系サイトの広告を眺めた。

少し歩き、雑居ビルの中の居酒屋に入った。客の大半は学生と若いサラリーマンの安酒場だが、ボックス席が半個室になっているところが作戦会議向きなのだろう。

酒と料理が一通り並ぶと、光治は話を始めた。

警察で得た情報によると、被害者は宮川紗江子、二十二歳。本人は「女優だ」「タレントの卵だ」と言い張っているらしいが、最近現場近くの店で働き始めたキャバクラ嬢だ。昨夜十一時過ぎに、同僚二人とビルのエントランスで客を見送り、店に戻るためにエレベーターに乗った。途中のフロアでエレベーターが停まり、ドアが開いたとたんに停電。騒いでいるうちに紗江子だけが引きずり出され、首を絞められて意識を失った。そして翌朝、両手におもちゃの手錠をはめられ、綿入れ半纏姿でエレベーターの中でこたつに入っているところを光治に発見されたのだ。

「やったのはパニッシャーですね。間違いない」

テーブルに載せたiPodを持ち上げ、会話がきちんと録《と》れているか確認しながらターボバアは言った。両隣でミミズバーガーと猫レンジも頷く。光治はグラスのビールを一口飲んで返した。

「パニッシャーの噂は僕も聞いてましたけど、刑事さんは『詳しいことは話せないが、宮川さんが所属していたプロダクションは少し前にある事件を起こし、宮川さんも関係者の一人。事件絡みで恨みを持つ人間が手口を真似たのかも知れない』って言ってましたよ」

「なるほど。確かに模倣犯やや嫌がらせと思われるケースもあります。たとえば、ちょっと前のテレビのバラエティー番組。空気椅子って女のお笑いコンビが、パニッシャーの被害者を名乗って出演して話題になりました。でも犯行の手口とかどうもうそ臭くて、ネットでやらせだって騒がれました。そのせいか、最近じゃ全然パニッシャーネタを取り上げません。空気椅子は時々ビブレ前広場でライブをしてて、話を聞こうとしたんだけどファンの女子高生ががっちりガードしてるから近づけないんですよ。知りません?」

「さあ。お笑いには詳しくないので」

「でも、高垣さんの話を聞く限り今日のは本物。発見現場のセンスの高さといい、被害者を拉致する時の手際のよさといい、明らかにパニッシャーですよ」

エレベーターにこたつってハイセンスなのか。疑問が脳裏をよぎり、ますます訳がわからなくなる。

「まあ見てろ。たぶん今回の宮川って女も、パニッシャーの他の被害者とはなんのつながりもないって捜査結果が出るぜ」

大きな肩を揺らして笑い、ミミズバーガーは指なし革手袋で枝豆をつまんだ。無言で眺める光治に、ターボババアがフォローを入れた。

「とはいっても、犯行を期待してる訳じゃありませんよ。僕らは新たな被害者が出るのを食い止めるためにパニッシャーを追いかけているんです」

「それはそうとして、事件のことは全部話しましたよね。そろそろ帰りたいんですけど」

「ヤンキー、主婦、ホストにサラリーマンときてキャバクラ嬢。被害者はバラバラ。見事に共通点なし。意味不明」

押し殺したような声が響いた。猫レンジだ。背中を丸め、両手でレモンサワーのグラスを抱えている。まだ二杯目のはずだがすでに酔っているのか、顔が赤らんでいる。

「どう思う?」

光治を見た。ニットキャップから半分覗く目は据わり、血走っている。

「そう言われても……。案外本当に共通点はないんじゃないですか」

「いきあたりばったりってこと?」

「そうかも知れないし、あるいは被害者一人一人の身の上とかはどうでもよくて、もっと違うところに狙いがあるとか」

「なるほど」

猫レンジが呟き、ターボババアとミミズバーガーも感心したように光治を見た。

「高垣さん、今の発言案外いいところを突いてるかも知れませんよ。もうちょっと深く語り合ってみましょうよ」

冗談じゃない。光治は脇に置いたジャンパーのポケットをまさぐった。

「これで失礼します。いくら払えばいいですか?　僕は生ビール一杯と肉じゃが二口、冷やしトマト一切れしか食べてませんけど」

ふと、指先が何かにふれた。引っ張り出すと軍手だ。指先に薄紫の紙片が引っかかっている。

「なんですか、それ」

「クリーニング屋のタグみたいです。現場のこたつ布団についていました。後のどたばたで、完全に忘れてた」

「現場の!? めちゃくちゃ重要な手がかりじゃないですか。パニッシャーは、これまで一度も現場に指紋その他の遺留品を残していないんですよ」

ターボババアが声を上げ、他の二人も覗き込んできた。身を引き、光治はむさ苦しい顔から逃れた。

「じゃあ明日警察に届けます。で、いくらですか？　二千円置いていけば十分ですよね」

返事はなかった。三人は肩を寄せ合い、ひそひそと囁き合っている。光治は財布から金を出してテーブルに載せ、ジャンパーを着た。腰を上げると、ターボババアが口を開いた。

「高垣さん」

「なんですか」

「ものは相談なんですけどそのタグ、警察に届けるのを少し待ってもらえませんか。僕らで調べてみたいんです」

「バカ言わないで下さい。そんなことできる訳ないじゃないですか」

「そこをなんとか。上手くいけば、僕らの手でパニッシャーを捕まえられますよ。そうなれば超お手柄、一躍有名人、ヒーローだ。めちゃくちゃカッコよくないですか」

「全然。むしろ、そういうスタンスこそめちゃくちゃ苦手です。有名人とか、ヒーローとか一度もなりたいと思ったことはありません」

きっぱり返すとターボババアは黒々とした睫毛を瞬かせ、口をつぐんだ。

子どもの頃から目立つこと、注目されることが何より苦手だった。恥ずかしいとか怖いからではなく、面倒臭い。他人とは常に一定の距離を置き、自分のペースを乱されたくない。人目を惹けば、それだけずかずかと踏み込まれたり、行きたくもないところに引っ張っていかれたりする。地味でも退屈でも全然モテなくても、平穏無事が一番。マイペースで生きたい。そう思い、そのために気も遣ってきた。びくびくしていればいじめられるし、狡猾すぎても反感を買う。適度に笑って、ふざけて、トチって、怒る。タイミングとバランス、要は空気を読むということだ。

そのセオリーで学生時代を過ごし、就職先は「平和そうなイメージだから」という理由で文房具メーカーを選んだ。希望の事務職にもつけて一安心と思った矢先、会社が直販事業を始めることになり、研修の名目で営業所の配送スタッフに回された。それでも気持ちを切り替え、安全運転、時間厳守、親切対応をモットーにやってきた。まさか連続拉致暴行事件の第一発見者になり、いい歳をしてミミズだの猫だのと名乗る三人組に半分脅されるようにして事件のあらましをしゃべらされ、おまけに証拠品を渡すという、下手すれば証拠物件隠匿になりかねない行為をねだられるとは、ゆめゆめ思いもしなかった。

「まあいいけどな。タグの番号は覚えたし」

ミミズバーガーがもつ煮込みを頬張りながらあっさりと言い、猫レンジも据わった目で空《くう》を見つめたまま呟いた。

「片倉町⑥898」

「いつの間に。いい加減にして下さい」

慌《あわ》ててタグを隠したが、二人は平然としている。

「奇しくも今日は金曜日。高垣さん、この週末だけ僕らにもらえませんか？　もし明日警察に届けても、鑑識とか聞き込みとかを始めるのは週明けでしょう。だったら、同じことじゃないですか」

「そうかなあ」

「そうそう。二日だけ。たったの四十八時間。オンリーフォーティエイト」

ターボババアのねちっこい眼差しと、雑な英語を聞いていたら無性に鬱陶《うっとう》しく、面倒臭くてたまらなくなった。時々こうなる。面倒を避けようとすること自体が面倒になってしまうのだ。

「わかりました。本当に二日だけですよ。日曜の午後には返すと約束して下さいね」

つっけんどんに言うと、三人は目を輝かせ同時にがくがくと頷いた。

2

電話が鳴ったのは、日曜日の夕方だった。

「もしもし、ターボババアです」

「遅いじゃないですか。今日の午後には、タグを返すって約束したのに」

「すみません。そのつもりだったんですけど、思いも寄らない展開になって」

「なんですか、それ」

「とにかく来て下さい。横浜駅西口のハマボール前。わかりますか？」

「わかるけど」

「大至急で頼みますよ」

妙に力んで告げ、電話は切れた。

仕方なく、光治はダウンコートを着てアパートを出た。

電車を降り、駅前の大通りを西に進んだ。デパートや銀行、証券会社の大きなビルが並び、若者や家族連れが行き交っている。しばらく歩くと、右手に通りに並行して流れる川が現れた。深緑の川面《かわも》に点り始めたネオンが映り、揺れている。

「あれ」

光治は足を止めた。首を傾げ左右を見回し、通りかかった若いカップルを呼び止めた。

「すみません。ハマボールって、そこでしたよね？」

光治が川向こうを指すと、二人も顔を向けた。ハマボールはボウリング場とスケートリンク、ゲームセンター、飲食店街を併設したレジャー施設だ。レトロムード漂う古びた大きなビルと派手なネオンは目を引き、光治も職場の仲間と何度か遊びに来たことがある。しかしいつの間にか建物は消え、敷地は鉄製の白い塀で囲まれている。

「あら、知らなかった？　ちょっと前に取り壊しになったのよ。ボロくなりすぎちゃったんだって」

女言葉で男がテンポよく答えた。彫りの深い綺麗な顔立ちだが、毛先を立てた短い髪はエメラルドグリーン、派手な柄のセーターとレザーパンツに包まれた体はひどく華奢《きやしや》だ。

「スパとかカラオケボックスとかが入った、大きなアミューズメントビルが建つらしいですよ。ハマボールもテナントに入るって話ですけど」

低めの落ち着いた声で、隣の女が補足した。シンプルなコートとミニスカート、レギンス姿だがベリーショートの髪はオレンジ、右の耳たぶにはピアスが三つ並んで光っている。二人とも胸に名札をつけ、財布だけを手にしているところを見ると、休憩中のブティックか飲食店の店員だろう。

「そうだったんですか」

「古いけど、趣のあるいい建物だったのに残念ですよね。そこのビブレ前広場も、改装するって噂だし。事情はあるんだろうけど、新しければいい、喜ぶだろうって発想は——」

「ちょっとユカリ、やめなさいよ。ごめんね。この子、ディベート体質っていうか、なんでもややこしく考える癖があって」

整えた上にアイブロウで描いているらしい眉を寄せ、男は光治に微笑みかけた。

「はあ」

「時にお兄さん、どこで髪を切ってるの？　その感じだと床屋さんよね。美容院には抵抗がある？　一度来てみない？　大丈夫。優しくしてあげるから」

「い、急ぐんで。どうもありがとう」

「気が変わったらいつでも来てね。あたしたち、すぐそこのSplash《スプラッシュ》ってサロンの」

ベタつく声を振り切り、光治は小走りに川にかかる橋を渡った。

三人は塀の前に横並びで立っていた。駆け寄ると、ターボババアが唇を尖らせた。

「遅いじゃないですか」

「すみません」

なんで謝らなきゃいけないんだと思いながら、つい会釈してしまう。ミミズバーガーがダウンジャケットのポケットからタグの入ったビニールのジップバッグを出した。

「やったぞ。ビンゴ、大当たり、棚からぼた餅、いや大トロかな」

「それはよかったですね」

生返事で伸ばした手をするりとかわし、ミミズバーガーはジップバッグをごつい顔の横に掲げた。

「一昨日あんたが帰ったあと、タグを見直してみたんだよ。町名が印刷されてるし、犯行に使われたこたつ布団が片倉町のクリーニング屋で洗濯されたのは確かだ。そこでネットと地図を使い、町内のクリーニング屋をすべてリストアップして聞き込みすることにした。口実を考えたのは、猫レンジ」

表情を変えず、猫レンジは重々しく頷いた。それを受け、ターボババアが実演して見せる。

「近所に越して来たんですけど、大家さんからめちゃくちゃ腕と感じのいいクリーニング屋さんがあると聞いて、家族の衣類をまとめて出したいなと思ってます。でも、大家さんはお年寄りで店の名前を忘れちゃったらしいんですよ。手がかりはこのタグだけなんですけど、これ、おたくの店のですか？」

「……なるほど」

早くも疲れてきた。無駄にいいコンビネーションと、押しつけがましいハイテンション。売れない小劇団の芝居かコントのようだ。

「新興住宅地でマンションや住宅が増えてて、町の北側にはデカい団地もあるんでクリーニング屋も二十軒ちょっとあった。タグをコピーして手分けして回るとはいえ、二日で結果を出すのはキツいかと思ったが、昨日の午後にはあっさり。駅前の商店街の店だ」

「なんでわかったんですか？」

「タグに印刷されてる番号とバーコード。俺らには意味不明だろう？　でも、どこの店にいつ、どんな種類の洗濯物が持ち込まれて、どの工場で洗ったのかをデータ化したものだそうだ。洗濯物の行方不明や配送ミスを防ぐためらしい。ちなみに持ち込んだのがどこの誰かもわかる。最近のクリーニング屋は、初めに会員証を作らされるだろ。そのナンバーを簡略化したものも印刷されているんだ」

「じゃあ、あのこたつ布団を持ち込んだ人もわかったんですか？」

「ああ。会員の申込書に記入するふりをして、引っ越して来たばっかりで住所を覚えてない。同じ敷地の中だから大家の住所を教えてくれと頼んだ」

「ちなみに、それをやったのは僕ですから」

鼻息も荒く挙手し、ターボババアがアピールする。

「駅から十五分ぐらい歩いたところにある、そこそこ立派な一軒家でした。ミミズバーガーさんたちも呼んでしばらく見張っていたら、当人と思われる人物が出てきたので尾行を開始しました」

「当人って？」

「加賀見耕太《かがみこうた》。年齢二十三から二十五。職業はたぶんフリーター。両親、弟と同居」

低く陰《いん》にこもった声で猫レンジが答えた。ニットキャップの下の目が輝いている。

「その人がパニッシャー？」

「断定はできないし、単独犯とも限らない。しかし、なんらかの関係があるのは間違いない」

「その加賀見って人は、どこにいるんですか？」

ミミズバーガーが目配せし、三人は歩きだした。ハマボール跡地の裏手を進む。狭く日当たりの悪い通りに、飲み屋とラブホテルが固まって建っている。足を止め、ミミズバーガーが顎で前方を指した。カラオケボックスとラブホテルの間に、大手チェーンのコンビニがある。そろそろと歩み寄り、光治は窓から店内を覗いた。

手前の窓際に雑誌のスタンド、奥に生活雑貨と食料品の棚が並び、壁際の冷蔵ケースには飲み物と酒が納められている。スタンドの前では数名の若者が雑誌を立ち読みし、若い女のグループが冷蔵ケースからペットボトルのジュースを取り出している。ありふれた、日本中どこのコンビニでも見られる光景だ。

視線をレジカウンターに向けた。おでんの鍋や中華まんじゅうのガラスケースが並び、中に明るいオレンジのユニフォームを着た若い男が入っている。振り向くと、ミミズバーガーは無言で小さく頷いた。

中肉中背、頭頂部にボリュームを持たせ、梳いた毛先を遊ばせるという流行のヘアスタイルだがカラーリングはしていない。目を引くほど整っても、崩れてもいない目鼻立ち。眉は細すぎず太すぎず、ピアスも日焼けもなし。しゃれっ気はあるが、チャラくもない。つまり、ごく普通。

「警察には通報したんですか？　こんなことしてる場合じゃないでしょう」

「大丈夫。携帯のリダイヤルボタンを押せば、すぐ一一〇番できるようにしてあるから」

「なんですか、その理屈」

「まあまあ。あと二、三分ですから」

ミミズバーガーに促され、視線を店内に戻した。カウンターの前に老婆が立ち、加賀見耕太とおぼしき男が応対している。レジを操作し、商品を袋詰めする手際はよく、愛想もよさそうだ。見守っているとバックヤードから同じユニフォームを着た中年男が出てきて、声をかけた。レジを男に任せ、耕太はバックヤードに消えた。

「行っちゃったじゃないですか」

「平気平気。昨日今日とびっちり張りついて、行動パターンは把握済みです」

その言葉通り、耕太はすぐに戻ってきた。ユニフォームの上に、ナイロンのジャンパーを着ている。休憩時間のようだ。レジの前で立ち止まり、男と笑顔で会話している。がさごそという気配があった。三人はデイパックを地面に下ろし、慌ただしく何かを取り出している。

「いよいよです。打ち合わせ通りにお願いしますよ」

「了解《ラジャー》」

ターボババアの言葉に、ミミズバーガーが短く応えた。太くごつい指は細い金属の棒のようなものを素早く開き、つないで何かを組み立てていく。テレビで見たことがある。防犯グッズのさすまただ。モーターが回る音に視線を横に滑らすと、猫レンジがビデオカメラのファインダーを覗き、レンズのズーム機能をテストしていた。

「ちょっと、何やってんですか」

「はい。高垣さんはこれを持って」

ターボババアに、緑の塊《かたまり》を押しつけられた。ナイロン糸で編まれた園芸用のネットだ。

「まさか、これであの人を捕まえるつもりじゃないでしょうね」

「もちろん初めは平和的な話し合いのもと、自首を勧めます。しかし抵抗や逃亡を試みた場合は、強制的に身柄を確保するしかありません」

「だから、それは警察の仕事ですって」

「凶器などは持っていないと思いますが、十分注意してください。自分の身は自分で守るってことで、よろしく」

緊張した面持ちで言い、細長いスプレー缶をダウンジャケットのポケットに入れた。パッケージにはトウガラシのイラストが描かれている。催涙スプレーだろう。

「まずいですよ。あの人がパニッシャーでも、そうじゃなくても絶対に面倒なことになります。警察に任せましょう。タグのことを含め、僕が上手《うま》く説明を」

「来た」

ミミズバーガーの声に振り向くと、耕太がドアを開けて出て来るところだった。止める間もなく、ターボババアが歩み寄る。同時に猫レンジも進み出て、ビデオ撮影を始めた。

「すみません。加賀見耕太さんですよね？」

「そうだけど」

「ちょっとお時間をいただけませんか。お話があるんです。あなたが二週間前に片倉町のクリーニング屋に持ち込んだ、こたつ布団の件で」

「おたくら、なに？」

耕太は訊き返し、ターボババア、背後に控えるミミズバーガー、猫レンジ、光治の順に視線を走らせた。ターボババアはもったいぶるように間を置き、上目遣いに耕太を見た。

「パニッシャー事件検証サイトの管理人、と言えばおわかりいただけるかと思いますが」

一瞬、耕太の表情が固まる。ミミズバーガーが背中を丸めてさすまたを握りしめ、猫レンジもカメラを構えたまま腰を落とした。

「あっそう」

耕太が言った。表情にも声にも、取り乱した様子はない。

「あんたらが管理人なんだ。なんていうか……そのまんまだね」

今度は光治たちが固まり言葉を失っていると、耕太は続けた。

「で、どうすんの？　俺、休憩一時間しかねえんだけど」

「そ、そうですか。ではこちらへ」

ターボババアが手のひらで大通りの方向を示し、耕太はすたすたと歩き始めた。

どうしようかと光治が考えあぐねている間に、目的地に着いた。パルナードのカラオケボックスだ。受付を済ませ、男五人は無言のままエレベーターに乗り、廊下を進んだ。

「メシ食ってもいい？　この後、夜中までぶっ続けでバイトなんだよ」

部屋に入りビニールソファに腰を落ち着けるなり、耕太はテーブルの上のメニューに手を伸ばした。

「はあ。どうぞ」

ターボババアが頷くと慣れた様子で壁の電話を取り、オーダーを済ませた。

「で、なんで俺がこたつ布団をクリーニングに出したって知ってんの？」

耕太が訊ねた。U字形のソファの片側にジーンズの脚を組み、リラックスして座っている。

一方の光治たちは向かい側の席に肩を寄せ合い、ぎゅうぎゅう詰めで収まっていた。

「タグです。一昨日の事件現場に残されていました」

「えっ、マジ？　現物持ってんの？　ちょっと見せて」

たたみかけ、伸ばされた手にミミズバーガーはタグ入りのジップバッグを載せた。渡してどうする。「めちゃくちゃ重要な手がかり」じゃなかったのかよ。焦ったが、ミミズバーガーは呆然と耕太を見返すだけ。ターボババアも同様だ。想定外のリアクションにうろたえているらしい。対象物へのテンションとボルテージは高く、行動力もあるがアドリブは利かない。社会性の欠如ということか。そんな中、猫レンジだけがビデオカメラを握りしめ、一心不乱に撮影を続けている。

「これを調べて俺に辿り着いたんだ。すげえな。でも、どうやって手に入れたの?」

「この人が事件の第一発見者で、現場で見つけたそうです」

ターボババアが光治を指した。ぎょっとして、光治は首をぶんぶんと横に振った。冗談じゃない。人生最大の面倒、いや、ピンチだ。

「いや。見つけたくて見つけたんじゃなくて、偶然っていうか、なりゆきっていうか。この三人とも何の関係もないし、正直、なんでここにいるのかもよくわからないぐらいで」

「ふうん」

どうでもよさそうに返し、耕太はジップバッグをテーブルに放り出した。

「そうか、タグか。初歩中の初歩、しょぼいミスだよなあ。やっぱ俺、ヤキが回ったかな」

「ということは、やはりあなたはパニッシャー?」

上目遣いのおずおずとした口調ながら、ターボババアが核心に迫った。

「そうだよ。一昨日のも、その前のも全部俺がやった」

「どどどうやって？　いや、どうしての方が先か」

「落ち着け。打ち合わせ通りにだろ。ここが正念場だぞ」

ミミズバーガーが、ターボババアの細い肩をつかんだ。

「そうですね、そうですね。打ち合わせ通りに。はい、了解です」

がくがくと頷き、ターボババアはジーンズのポケットから小さく折りたたんだ紙を出した。

その一部始終を、猫レンジが至近距離で撮影している。光治が脱力し、耕太はぽかんとして見守っていると、ターボババアは等間隔で折りジワのついた紙を手に耕太に向き直った。質問事項が書いてあるらしい。

「ではまず、犯行を始めたきっかけから教えていただけますか」

「俺は二年ぐらい前から、さっきのコンビニでバイトしてるんだけど、すげえムカつく客がいたんだよ。ラッパー気取りのガキで、仲間と来ては騒いだり、食い物を散らかしたりする。おかげで他の客も逃げちゃって売り上げが落ちて、店長はノイローゼになっちまった。警察に相談しようって言ったんだけど、『仕返しが怖い』って言うし。だから、俺があいつをシメてやることにしたんだ。昔から、ああいうやつが大嫌いなんだよ。一人じゃ何もできないくせに、イキがりやがって」

「第一被害者ですね。山下公園を根城《ねじろ》にしてる、不良グループのメンバーだ。犯行手順は？」

「店に来た時に後をつけて、一人になるのを待って暗がりで羽交い締めにした。俺、むかし柔道やってたから、首のどこをどれぐらい締めると落ちるとかの加減を知ってるんだ。後は簡単。車で山手のイタリア山庭園に運んで、首まで花壇に埋めてやった。間抜けだったぜ。日サロで焼いて、口の下に筋みてえなヒゲ生やして鼻ピアスしたツラが、パンジーだのチューリップだのに囲まれてんの。まるで少女マンガ。おまけに手には、ちゃちい手錠だろ」

華奢な顎を上げ、からからと笑った。

「でも、なぜ花壇で少女マンガなんですか？　仕返しっていったら、普通殴ったりものを奪ってやろうって考えるでしょう」

「それじゃ、あのガキと同じじゃん。俺はあいつに一人で、誰ともつるまずに死ぬほど恥をかかせてやりたかったんだ。殴られるよりそっちの方が何倍もキツいってわかってたし」

「確かに。ああいう連中にとっては、ケガとかアザはむしろ勲章。一番キツいのはカッコ悪いことや、恥をかくことでしょうからね。じゃあ二人目は？　都筑区の四十代の主婦です」

「ああ、あのババアか。あれも店の客。近くのカルチャーセンターに通ってるらしいんだけど、スタンドの雑誌を片っ端から立ち読みしていくんだ。それがめちゃくちゃ雑でさ。読み終わった後はページがめくれてたり折れてたりで、売り物になんねえの。その上、気になる記事があると、写メを撮っていくんだぜ。それ立派な犯罪だから。ブランドもののバッグを提げて香水ぷんぷんさせてるクセに、デジタル万引きって言葉も知らねえのかよ」

「なるほど。で、その女にも制裁を加えてやろうと思ったんですね」

「まあな。ガキの件が上手くいって、気も大きくなってたし。やり方は一緒だよ。暗がりで気絶させて、赤い靴の銅像の下に運んで手錠をはめて一丁上がり。でも俺、さすがに捕まるだろうと思ったんだよ。指紋とか目撃者とかには気をつけてたけど、ガキとババアの証言から速攻でうちの店が浮かびそうじゃん。でも、一向にその気配はないしさ。なんでだろうな」

不思議そうに首を捻る。光治を押しのけ、ミミズバーガーが身を乗り出した。

「いや、それは当然だ。あんたにとってはムカつくイヤな客でも、向こうは違う。罪の意識はゼロだし、店の存在すらろくに覚えてないんじゃないか」

「そうか。だよな。だから余計許せないんだけどな」

「で、以後犯行は続く訳ですが、被害者は全員コンビニの客ですか？」

「違うよ。街を歩いたり電車乗ったりしてると、ムカつくやついるじゃん。いやがる女の子を無理矢理店に引っ張っていこうとするホストとか、年寄りに席を譲ろうともしないで、デカい音で音楽聴いてるサラリーマンとか、捨てた煙草が子どもの顔にぶつかりそうになってんのに謝りもしねえ女とかさ。まあ他にもちょっとヤバ系だったらしくて、表沙汰になってない相手もいたりして、気にはなってるんだけど」

「えっ、でもそれだけの理由ですか？　何かちょっと」

ターボババアが非難のニュアンスの眼差しを向けると、耕太はむっとした様子で睨み返した。

「でも世の中、そのそれだけの理由でキレて人を刺したり、殴り殺したりする連中がごまんといるんだぜ。それだけと思ってる限り、誰でも被害者にも加害者にもなる可能性があるんだ。それに、おたくらにだって責任はある」

「責任？　なんの？」

「あのサイトだよ。パニッシャーとか煽《あお》って、祭りあげてくれちゃって。おまけにそれに乗っかって騒ぐやつらまで出てきて、引くに引けないじゃん。注目されりゃ嬉しいし、期待されたら応えようって思うじゃん。しかも俺、そんな風に扱われるのって初めてだったんだもん」

急に子どもっぽい口ぶりと表情になり、そっぽを向いた。

「なんだそれ」

カメラを構えたまま、ぼつりと猫レンジが呟いた。光治も心の中で、大きく深々と頷く。これがパニッシャーの正体か。「ハマを騒がす謎の愉快犯」でもなんでもなく、ただの子どもじゃないか。似たような思いらしく、ターボババアとミミズバーガーも黙り込んでいる。

しらけた沈黙が流れ、取りなすようにミミズバーガーが言った。

「とはいえ、発見現場のシチュエーション造りとか、ギャグのセンスはすごいと思うぞ」

「ああ。俺、昔からお笑い番組とかコメディ映画とか大好きなんだよね。実はそっち系の仕事をしたいなと思って、大学出たあと就職試験受けたりもしたけど、全滅だった。放送作家でも、ディレクターでもなんでもよかったんだけど」

なんでもいいが一番ダメなんだよ。同年代で同時期に就職氷河期を闘った光治としては、なんとも気恥ずかしく、いたたまれない気持ちになる。

「失礼します」

ノックとともに、抑揚のない声がした。光治たち四人がびくりと肩を揺らす。ドアが開き、若い男が入ってきた。太った体をサーモンピンクのシャツとチノパンのユニフォームで包み、右腕にフードとドリンクを載せた大きなトレイを抱えている。

「なんだ、戸川くんじゃん」

ターボババアが言い、ミミズバーガーと猫レンジも目礼する。

「どうも」

短く応えただけで、戸川という男は黙々と注文の品をテーブルに並べていった。

「俺、チョコパフェは頼んでないんだけど。あ、それともサービス？」

耕太が言い、男はトレイの奥に残されたグラスを見た。フルーツと生クリームが大盛りにされ、上にチョコレートソースがたっぷりかかっている。

「いや。これは別の部屋のお客様のもので」

ごにょごにょと返し、パフェを守るようにトレイを胸元に引き寄せる。耕太はノーリアクションでフォークを手に取り、スパゲティナポリタンを食べ始めた。

「ご注文の品はお揃いでしょうか？」

戸川が初めて顔を上げた。室内に漂う空気を察したらしく、ターボババアたちに視線を送る。誰も何も言わずにいると、

「では失礼します」

と言って一礼し、ドアの上の天井に視線を送った。黒いドーム形の防犯カメラが、取りつけられている。室内の様子はバックヤードで見ているから、と伝えているらしい。ターボババアたちとどんな関係があるのかはわからないが、なかなか目端の利く男のようだ。

「で、どうすんの？」

戸川が出ていくと、耕太は訊ねた。早くも口の周りがケチャップで汚れている。

「といいますと？」

「俺をどうする気なのかって訊いてんの。おまわりを呼ぶ？　それならそれでいいけど」

「いいんですか？」

「捕まるのは嫌だけど、正直、ここんとこキツかったからさ。普通にしてればそこら中ムカつくやつだらけなのに、その気になって捜すとなかなか見つからないんだよ。それに、シチュエーションだのギャグだのも、そろそろネタ切れ。あんたらがハードル上げてくれちゃっ

たお陰で、すげえプレッシャーなんだから。あのこたつ布団だって、グッとくるやつが見つからなくて、やっとあったと思ったら汚れたんだ。クリーニングに出したのはいいけど、タグ取り忘れるなんてしょぼいポカやっちゃうし。結局一番カッコ悪いのは、俺かよって話だよな」

「それは困ります。パニッシャーは僕らのヒーロー、街の若者たちのカリスマなんですから。何よりこんな結末、僕らだってしょぼいしカッコ悪いですよ。足も時間も金も使って辿り着いた結末がこんな」

「こんなで悪かったな。じゃあ、どうしろっていうんだよ。死ぬか？　ドラマチックな遺書でも残して、自殺するか？」

「そんな、滅相もない」

手のひらをぶんぶんと横に振り、ターボババアは光治たちに救いを求めた。しばらく考え込んだあと、ミミズバーガーは言った。

「どうもしなくて、いいんじゃないか」

「何それ」

「おまわりは呼ばないし、もちろん自殺なんかしなくていい。パニッシャーは犯行をやめ、いずこかへ姿を消す。それでいいだろう」

「よくない。全然よくないでしょ」

無理矢理体を捻り、光治は隣のミミズバーガーに向き直った。

「ヒーローだのカリスマだの耳触《みみざわ》りのいい言葉ですり替えてるけど、彼はれっきとした犯罪者、見逃せば僕らも罪に問われます。それに、姿を消すなんて不可能ですよ。絶対に捕まります。万が一逃げおおせたとしても、ここにいるみんなが不安とか、良心の呵責《かしやく》とかを抱えて生きなきゃいけなくなる。そんなのごめんだ。僕は穏やかに、全部納得したものだけに囲まれて暮らしたいんだ。こんなめちゃくちゃにつき合ってられるか。警察を呼ぶ。それで全部終わりだ」

一気に捲《まく》し立《た》て、ジーンズのポケットから携帯電話を出した。ごつく大きな手が伸びてきて、それを奪った。

「何するんですか」

「チャラにすりゃいいんだろ」

「チャラ?」

「犯した罪と同等の善行をすりゃ、プラスマイナスゼロだ。犯行を始めたのは彼だが、パニッシャーという虚像を作り上げたのは俺らや街のみんなだ。だったら、俺らの手でケリをつけるべきだろう」

「そんなのこじつけだ。詭弁《きべん》だ。屁理屈だ。ていうか、俺の携帯を返せ」

わめく光治を無視し、ミミズバーガーは耕太を見た。

「どうだ。何かないか？　最後に、とびきりデカいネタをかましてやろうぜ。ただし、誰かのためになるようなことじゃなきゃダメだ」

オレンジに染まった唇を突き出し、考え込んでいた耕太の目がぱっと輝いた。

「あるよ、あるある。とびきりのが」

「よし」

ミミズバーガーが頷き、ターボババアと依然カメラを放さない猫レンジもならう。

「おい、勝手に話をまとめるな。僕は納得してないぞ」

光治が腰を浮かすと、ミミズバーガーも席を立った。二人の身長差は二十センチ近くある。思わず怯《ひる》む光治の顔を、ミミズバーガーがじっと見下ろす。

「あんたの言う穏やかで納得ずくの人生ってのは、一度脇道にそれたぐらいでどうこうなるもんなのか？　だとしたら、もともと大したもんじゃねえな」

猛烈な怒りが湧いてきた。しかし、言い返そうとしても何も浮かばない。そんなバカな。視線を巡らせ拳を握り必死に言葉を探す光治に、ミミズバーガーは黙って携帯電話を差し出した。

3

その朝、光治は関内駅東側の路上にいた。ダウンジャケットにジーンズ、スニーカーという休日スタイルに加えレンズに薄く色の入った伊達《だて》メガネをかけている。

歩道をビジネスバッグを提げたスーツ姿の若い男が歩いてきた。光治は車道を気にするふりをして背中を向け、やり過ごした。ジーンズのポケットの中で携帯電話が振動した。耕太からだ。

「もしもし」

「そっちの様子はどうだ？」

「どうって、とくに異状はありませんけど」

このあたりはオフィス街で、横浜市役所や神奈川県庁などの官庁も近い。平日は人通りが絶えないエリアだが、今日は休日出勤のサラリーマンや犬の散歩をする近隣の住人の姿がぽつぽつと見られるだけで、がらんとしている。

「そうか。間もなく時間だ。気を抜くなよ」

「なんで僕がこんな役をやらなきゃならないんですか」

「仕方がねえだろ。パニッシャーサイトの三人は、良くも悪くもルックスにインパクトがありすぎるんだよ。大丈夫。あんたの顔って、知り合いに必ず一人は似たようなのがいるタイプだから。万が一モンタージュ写真とかつくられても、該当者が多すぎて特定できねえよ」

「それ喜んでいいのかなあ。でも、本当に大丈夫なんですか」

「やつは、毎朝七時過ぎに犬の散歩に出かける。時間もルートも毎日同じ。確認済みだ。大丈夫。リハーサルもばっちりやったし、絶対上手くいくって」

「じゃなくて、こんなことして無事ですむのかって意味です。相手がヤバすぎますよ。もっと別の人はいなかったんですか？　そのへんのヤンキーとか、酔っぱらいとか」

「あんたもしつこいな。あいつしかいない。知名度といい悪党ぶりといい、やろうとしてることのクソ加減といい、パニッシャー最後の獲物にぴったりだ」

憎々しげに言い、耕太は鼻を鳴らした。光治はため息をつき、ジャケットのポケットから折りたたんだ紙を出した。ネットのサイトを印刷したもので、中央にベージュのマオカラースーツを着た初老の男の写真がある。白髪オールバックで、跳ねる襟足の毛が首の両側から覗いている。四角い顔の頬はこけ、シワとシミが目立つが肌つやはよく、口元の柔和な笑みとは不釣り合いなほど眼光も鋭い。写真の上には「横浜市議会議員　小野寺《おのでら》のりふみ」の文字が並んでいる。

カラオケボックスでの一件から、二週間が経過していた。あのあと光治は必死にミミズバーガーに返す言葉を探したが、四人は構わず作戦会議に入ってしまった。そこで耕太が、小野寺の名を挙げた。

彫刻家でもある小野寺は有名美術団体に属し、展覧会に入選し、地方の美術大学の名誉教授も務めている。去年の春、「芸術を通した教育の推進と都市計画」をキャッチフレーズに選挙に出馬、見事当選を果たし、今年に入ってからは市の教育安全委員会の委員も務めている。ところがその実態は、女子学生や弟子にセクハラ三昧、拒否しようものなら陰湿ないじめと言いがかりで無理矢理追い出す暴君だという。さらに華々しい経歴も、金とコネで作り上げた虚像の疑いが濃いらしい。ネットや一部のマスコミではその振る舞いを糾弾し、暴こうという動きもあるが、被害者たちが口をつぐんでいるため実現には至っていない。

数カ月前、小野寺は『ビブレ前広場アートミュージアム計画』なるプランを打ち立てた。広場に彫像やオブジェなどを飾り、横浜の新たな観光名所、文化と芸術の発信地として恥ずかしくない広場に作り替えると謳ってはいるが、作品の作り手は小野寺やその取り巻きばかりだ。しかし、ありとあらゆる根回しと圧力に奔走したらしく計画は審議を通過。予算も獲得し晴れて今日、着工式典と小野寺の手による計画のシンボル像の除幕式が行われることになった。

「あんたも、広場のカラーコーンを見たろ？　俺もバイトの休憩時間や休みの日によく広場に行くし、パニッシャーサイトの三人にとっては大事な情報収集の場らしいんだよ。他人事じゃねえ。てかさ、文化と芸術の発信地として恥ずかしくないってどういう意味だよ。今は恥ずかしいのかよ。俺らは街の恥部か？　ダークサイドか？」

「小野寺は街の若い連中が自分の悪評を広めてると決めつけて、何かにつけ目の敵にしてるみたいですね。その象徴が、ビブレ前広場ってことなんじゃないですか」

「そりゃ俺だって地元民だし、観光スポットとか観光客とかを悪く言う気はないよ。でもさ、そんなんばっかりじゃ疲れるし、ウソ臭いじゃん。ごちゃごちゃのがちゃがちゃ、なんでもありで誰でもカモン。ただし何が出るかはあんた次第、みたいな場所があってもいいじゃん。そういうのが、リアルな街だと思う」

「はあ」

「そもそも、自分のやってることは棚に上げてなんだよ。最低じゃねえか。俺らの力を思い知らせてやる」

「でも、失敗したら大変なことになりますよ。もし成功したとしても、絶対にバレますって」

「またあ。高垣さんてば、なんでそんなにネガティブなの？　セクハラの被害者とコンタクト取って、糾弾サイト作って街のみんなが見るように仕込みもしたじゃん。この期に及んでまだ腹くくってねえの？　偶然でもなりゆきでも、あんたはいま俺らと一緒にいるんだよ。それがすべて。そうだろ？」

思いを巡らせていると、耕太が声のトーンを変えた。

「やつが来た。そっちに向かってる。上手くやれよ」

ぶつりと電話が切れた。振り向くと、まっすぐに延びる広い歩道の向こうから、ミニチュアダックスフントらしいチョコレート色の小型犬を連れた男が歩いて来る。小野寺の自宅は根岸《ねぎし》の高級住宅街にあるが、議員になってからは事務所兼アトリエとして借りている通りの先の高級タワーマンションで寝泊まりしているらしい。

焦りと緊張がこみ上げ、後ろを振り返った。逃げるなら今だ。そう思う反面、ここで逃げるとミミズバーガーと耕太の言葉に一生頭を押さえつけられそうな気がする。男は二十メートルほど手前まで近づいている。オールバックの白髪に頬のこけた四角い顔、鋭い眼光。小野寺だ。ツイードのパンツにへちま襟の分厚いカーディガンを着て、襟元からシルクのスカーフを覗かせている。二人の視線がぶつかった。迷いから逃れるように、光治は歩きだした。

「すみません。ロイヤルビューってマンションを知りませんか？」

「ロイヤルビュー？　聞いたことがないなあ」

「地図では、このへんなんですけど」

光治がポケットサイズの地図帳を開いてページを示すと、渋々という様子で足を止めた。

「どこだ？」

「だからこのへん」

適当に、なるべくごちゃごちゃしたエリアを指す。白い眉をひそめ、小野寺が覗き込んできた。足下を、ミニチュアダックスフントが落ち着かない様子でうろついている。

「住所は？」

小野寺が顔を上げたその時、路肩に黒いワンボックスカーが滑り込んで来た。勢いよくスライドドアが開き、後部座席からサングラスをかけ、革手袋をはめた耕太とミミズバーガーが飛び下りた。振り向きかけた小野寺の首に後ろから、耕太の腕が巻きつく。

「なんだ、お前ら」

上げかけた声は、ミミズバーガーが口に貼りつけた粘着テープで途切れる。シワだらけの手で耕太の腕をつかみ、手足をバタつかせて小野寺は必死に抵抗した。テープの下からくぐもったうめき声がもれる。上を向き、興奮した様子でミニチュアダックスフントが吠えた。光治は慌ててジャケットのポケットを探り、犬用のクッキーを出して口に押し込むようにして与えた。とたんに鳴きやみ、ミニチュアダックスフントはクッキーを囓り始めた。

「行きますよ」

助手席から顔を出し、ターボババアがうわずり気味に声をかけてきた。ぐったりした小野寺を耕太とミミズバーガーが後部座席に寝かせている。おろおろと周囲を窺い、目撃者がいないのを確認し、光治も車に乗り込んだ。同時にドアが閉まり、運転席の猫レンジは車を出した。

そのまま通りを走りビブレ前広場に向かった。手前で光治だけが車を降り、広場に入る。

人通りはあるが、壁際のカラーコーンと張り巡らされたビニールひもの威圧感は異様で、怪訝《けげん》そうに眺めていく人もいる。視線を突き当たりに向けた。高いポールの先に取りつけられた丸く大きな時計が見える。この広場のシンボルで、待ち合わせの目印にも使われている。時計の後ろには鉄のフェンスがあり、その下は川だ。ポールの横にはブルーシートとロープで巻かれた高さ一メートル五十センチほどの塊があり、下から黒い石の土台が覗いている。これが小野寺がつくったという計画のシンボル像らしい。像の前にはガードマンがいる。

呼吸を整え、光治はガードマンに歩み寄った。なんだかリスキーな役ばかり押しつけられている気がしないでもないが、こうなったら仕方がない。

「すみません」

ガードマンが光治を見た。歳は三十代前半、体格はいいが目はどろりと濁っている。

「あっちでヤバそうなおっさんが騒いでるんですよ。『広場の像をぶっ壊せ』とか言って。ハンマーも持ってるみたい」

「本当ですか？」

「ええ。あの通りの先なんですけど」

言いながら歩きだすと、ガードマンは後をついてきた。やった。つい胸が弾む。光治は足早に広場を横切り、大通りに向かった。

「さっきまでこのへんにいたんですよ。おかしいな。脇道に入ったのかも」

棒読みを大袈裟なアクションでごまかし、ガードマンをさらに通りの奥へと連れて行った。なんだかんだと理由をつけて十五分ほど連れ回したあと、「逃げちゃったのかも」ととぼけてその場を離れた。

待ち合わせ場所の裏通りに着くと、車が待っていた。

「お疲れ様です。やりましたね」

身をよじり、助手席からターボババアが手を差し出してきた。長い睫毛に縁取られた目は潤み、顔もうっすら紅潮している。嫌々ながらも握手を返し、光治は車内を見回した。メンバーは顔を揃えているが、小野寺の姿はない。

「上手くいったんですか？」

「ばっちりだよ。あんたがガードマンを引きつけてる間に、ブルーシートを外して仕込みをして、除幕用の布をかぶせて元通り」

テンポよく、耕太が答える。

「思ったより人通りが多かったけど、大丈夫でしたか？」

「作業の間、僕と猫レンジさんがブルーシートで現場を囲ってたからノープロブレム。顔も見られてないはずです」

ターボババアの説明に、運転席の猫レンジが前方を見据えたまま満足げに頷く。

「誰かが像を覗いたりしないかな」

「布に、『除幕式前に何人《なんぴと》も覗くべからず　小野寺』って墨のいかにもな字で書いた紙を貼りつけておいた。計画では小野寺の意向は絶対らしいし、そもそも覗き見したくなるほど大した彫刻じゃない」

低い声がした。ミミズバーガーだ。反対側の窓際に座り、革手袋からいつもの指なし革手袋にはめ換えている。

「でも、本当に上手くいくのかな」

「シケたツラすんなよ。お楽しみはこれからだぜ。パニッシャー最後の仕事をがっつり見届けようぜ」

唾を飛ばし、耕太はばしばしと光治の肩を叩いた。

三時間後。光治たちが広場に戻ると、式典の準備が整っていた。ブルーシートを外され、光沢のある長い布に覆われたシンボル像の前に演壇が設《しつら》えられ、傍《かたわ》らにはスーツ姿の男女が座る来賓席もある。その後ろを数人が忙しく行き来し、手前でカメラを構えるマスコミ陣を気にしながら深刻な顔で囁き合っている。計画のスタッフと小野寺の秘書だ。開始時間が迫っているのに主役の小野寺が現れず、連絡も取れないのでパニクっているらしい。その様子を取り囲むようにして集まった群衆が眺めている。親子連れや老人もいるが、大半は十代から二十代の若者、不安と不満が入り交じったような表情の者も多い。

晴れた空に耳障りなハウリングの音が響き、司会者らしいスーツ姿の男が演壇に上った。

「おはようございます。事情があり、小野寺議員は到着が少し遅れているようですが、式典を始めさせていただきます」

脇の下に書類の束をはさみ、もう片方の手に持ったハンカチで額の汗を拭っている。

「ひょっとして中止にするんじゃないかと思いましたけど、杞憂《きゆう》でしたね」

ターボババアが囁くと、耕太は鼻を鳴らした。

「そこも計算済みだよ。あれだけお偉いさんとマスコミを集めちまったら、中止って訳にはいかねえはずだ」

光治はミミズバーガーに視線を送った。腕を組み、隣の猫レンジとともにじっと布に包まれた像を見つめている。

数人の来賓が挨拶し、いよいよ除幕となった。来賓たちが進み出て布から伸びる紅白のテープを持つ。まだ小野寺を捜しているのか、司会の男は演壇から身を乗り出し視線を巡らせている。スタッフに促され、男は貼りつけたような笑みに戻った。

「間もなくこの広場は横浜の新観光名所、そして文化と芸術の発信地へと生まれ変わります。ビブレ前広場アートミュージアム計画の成功を祈り、シンボル像の除幕式と参りましょう。計画のために小野寺先生自らが制作されました。タイトルは『天馬《てんば》』です。では、お願いします」

合図とともに、来賓たちがテープを引いた。布はするりと滑り、モザイクタイルに落ちた。カメラのフラッシュが光り、スタッフと来賓からとってつけたような拍手が上がる。見守る群衆の間にまばらな拍手としらけた空気が流れた。

「やった」

呆然と像を見上げる光治の脇腹を、ターボババアが肘でつつく。

「やだ。何あれ」

光治の斜め前に立つ男が言い、隣の女の腕を引いた。エメラルドグリーンとオレンジの髪、数週間前にハマボールのことを教えてくれた美容師のカップルだ。通勤途中なのか、二人ともバッグを提げている。

「何って、馬でしょ」

女は返し、視線を正面に向けた。確かユカリと呼ばれていたはずだ。

石の台の上に、黒く光沢のある横長のブロンズ像が載っている。丸みを帯びた長い首、薄い胴体、細く妙な角度に突っ張った脚。タイトルからしても馬なのは明らかだが、それだけ。凝視していても、何も感じられない。

「でも、上に何か載ってるじゃない」

「シャレで衣装を着せてるんでしょ。その割には時期遅れだし、意味不明だけど」

馬の背には、人が乗っていた。うなだれ、顔は見えないが鮮やかな赤い生地に白いボアの縁取りがついたサンタクロースの衣装を着て、頭には先端に大きな毛糸のボンボンがついた三角帽子を被っている。背後には、大きく膨らんだプレゼントの袋も背負わされていた。

「でもあのサンタ、銅像じゃなくない？　姿勢が不自然だし、帽子の下から見えてるの、あれ髪の毛よ。ねえ、まさか」

男は口をつぐみ、ユカリと顔を見合わせた。周囲も気づき始めたらしく、群衆にざわめきが広がる。そろそろと歩み寄った司会者は下からサンタの顔を覗き、悲鳴を上げた。

「せ、先生！　これ、小野寺先生ですよ」

ざわめきが一気に大きくなった。来賓たちを下がらせ、スタッフが像に駆け寄る。数人がかりでサンタ姿の小野寺を下ろし、地面に横たえる。目を閉じ、口を一文字に結んだ顔が露わになり、手首にはめられた手錠が日差しを反射してきらりと光った。

「パニッシャーだ！」

前方で声が上がった。群衆は揺れ、若者たちは興奮したようにしゃべったり、背伸びをしたりしている。耕太が、小さくガッツポーズを作ったのがわかった。

「大丈夫、生きてるぞ。気絶してるだけだ」

小野寺を囲む一人が声を上げた。その時、馬の上に残されていた袋がずるりと滑り落ちた。衝撃で口が開き、中のものが地面に散らばる。包装してリボンをかけた箱と、大きな文字で何かが書かれた大量の紙。そして、ポータブルＤＶＤプレーヤーが一台だ。

前列の女が進み出て紙を拾った。一読し、驚いたような顔で群衆に向き直った。

「ちょっとみんな、どえらいことが書いてあるで。『この男、小野寺のりふみは才能皆無でありながら金と根回しで彫刻家としてのし上がり、女子学生や弟子にはセクハラ三昧。挙げ句、街の若者たちを敵と決めつけ、アートミュージアム計画の名の下にビブレ前広場を取り上げようと謀《はか》る極悪人である。よってパニッシャーはこの者を成敗し、懺悔《ざんげ》と退陣を求める』やて。えらいこっちゃ。これ、パニッシャーの犯行声明文やんか」

通りのいい声で読み上げ、騒ぎ立てた。小柄で華奢な子どものような体つきだが、キャスケットから覗く髪は金色だ。隣には前髪を切りそろえた黒髪ロングヘアの大柄な女が立ち、両腕で犯行声明文を掲げる。カメラマンが駆け寄り、一斉にシャッターを切った。

あれ。このインチキ臭い関西弁とデカい図体、どこかで見たぞ。光治は思った。最近のはずだがそれがどこで、どんなシチュエーションだったのか思い出せない。

「やめなさい!」

スタッフが駆け寄ってきて二人から声明文を引ったくり、地面に散らばったものも回収しようとした。さらに一人、群衆から進み出る者があった。若い男だ。肉のみっしり詰まった体を、ナイロン製のベンチコートで包んでいる。背中には、『カラオケ　ハミングスクエア』の文字。戸川だ。素早く腕を伸ばしてスタッフより早く声明文の束を拾い集め、小分けにして前列の若者に渡す。渡された者は一枚を取ると束を隣や後ろに回し、紙のリレーはあっという間に広がった。

「ちょっとあんた、これどういうことよ！」

ドスの利いた声が響いた。人垣をかき分ける気配があり、ティッシュ配りのチハルが飛び出した。

「自分はやりたい放題やっておいて、気に食わないからあたしらを追い出そうっての？　冗談じゃないわよ。ここにはヘボい彫刻も、観光名所だの文化と芸術の発信地だのいう冠もいらない。広場に集まる一人一人が輝きたい、誰かに目を留めて欲しいって必死にもがいてるんだ。あんたらダサいおっさんの出る幕はないよ」

小野寺たちの前に立ちはだかり、細い肩を怒らせて啖呵を切った。背後に控える寝癖頭に銀縁メガネの山田も、及び腰で拳を突き上げる。

「そうだそうだ！」

「黙れ！」

広場が静まった。司会者ほか数名に支えられ、小野寺が立ち上がった。騒ぎで意識を取り戻したらしい。

「よくもぬけぬけと。いっぱしな口を利くな。この茶番も、どうせお前らが仕組んだんだろう？　大人をバカにするのも、いい加減にしろ。なんの証拠があって人を侮辱する。その紙切れに書いてあることが事実だと証明できるのか？」

「それは……でも、あんたは前から街の噂とかネットの書き込みとかでいろいろ言われてたし」

「街の噂にネット。お前らはいつもそれだ。井戸端会議や便所の落書き程度のものを振りかざして、力を持ったつもりになっている。そんなもので何かを変えられるとでも思っているのか？　思い上がりも甚だしい。根性を叩き直してやる」

一喝し、小野寺は群衆を睨んだ。眼光の鋭さもあってなかなかの迫力だが、サンタクロース姿のままなので、いまいち威圧感に欠ける。

「おや～、これは何かな？」

素っ頓狂な声が上がり、全員が視線を向けた。いつの間に移動したのか、耕太が像の前に立ち、拾い上げたＤＶＤプレーヤーの液晶ディスプレイを眺めている。

「あれ？　ソフトが入ってるみたいだぞ。再生してみよっと」

子供じみて芝居がかった調子で言い、再生ボタンを押すと液晶ディスプレイを群衆に掲げた。ノイズが短く走ったあと、ディスプレイに女の顔が映し出された。目の部分にモザイクが入っているが、歳は二十代半ば。遠目にも、目鼻立ちのくっきりした美人だとわかる。

「私は、美術大学で小野寺の指導を受けていた者です」

静まりかえった広場に、緊張気味だがよく通る女の声が響いた。

「二年前。小野寺はイタリアの美術学校への留学を希望する私に、『自分の推薦がなければ留学許可は下りない』と関係を迫りました。私が拒むと態度を一変させ、無視したり聞くに堪えないデマを流すようになりました。私は留学を諦め、大学も辞めざるを得ませんでした。同じような目に遭っている女性は、他にもたくさんいます。こんな男が、アーティストや教育者を名乗っていいんですか？　なぜ議員になれるんですか？　一生許さない。地獄に堕ちればいいんだわ」

声を詰まらせ、女は泣き崩れた。その姿を、小野寺は目と口をぽかんと開けて見ている。

広場に再び、一段と大きなざわめきが広がった。

「うわあ、びっくり。ねえ、さっき先生は『なんの証拠があって』って言ったよね？　これってめちゃめちゃ証拠じゃやね？」

「だ、黙れ！　そんなものインチキだ。俺を陥れるための、でっち上げだ」

小野寺は突き出されたＤＶＤプレーヤーを奪おうと、手錠がはまったままの腕を伸ばした。するりとかわした耕太はプレーヤーを頭上に載せ、カメラの前を走り回った。

「それはどうかな～。マスコミのみなさん、出番かもよ」

続けざまにフラッシュが焚《た》かれ、レンズが耕太の動きを追う。

液晶ディスプレイの女は小野寺の被害者の一人だ。耕太とターボババアたちが見つけだし、小野寺が横浜でやろうとしていることを話した上で説得し、証言してもらった。彼女はこれをきっかけに、小野寺を正式に告訴する決意を固めているという。

「そうよ！　今の人が証拠よ。あんた、これでもデカい口を叩ける？　あたしらから、この広場を取り上げられんの？」

再び肩を怒らせ、チハルが小野寺に詰め寄った。賛同しようと山田が身構えた瞬間、

「そうだそうだ！　この広場は絶対に渡さないぞ」

光治の傍らで、太い声が上がった。ミミズバーガーだ。指なし革手袋の手で拳を握り、空に突き上げている。

「その通り！　セクハラジジイは出て行け」

ターボババアも甲高い声で続き、猫レンジは指笛を高らかに吹き鳴らした。

「そうだ！」

「エロジジイは出て行け！」

「広場は俺たちのものだ！」

あちこちで声と拳が上がり、広場はあっという間に若者たちの怒声に包まれた。

「やめなさい！　静かにしろ」

司会者がマイクを握ってわめき、スタッフたちも両手を広げて口々に何か叫んだ。しかし群衆の勢いは収まらず、数人が前に押し寄せようとした。小野寺はスタッフたちに肩を抱かれ、慌てて像の前から離れる。

「陰謀だ！　何もかも嘘っぱちだ。俺は認めないぞ」

両脇をスタッフに囲まれ、引きずられるように進みながら小野寺は振り返って叫んだ。野次と罵声が飛び交うなか、小野寺は広場を出て足早に通りを進んだ。カメラのフラッシュが、それを追いかけていく。

小野寺たちの姿が人混みに消えると同時に、歓声と拍手が上がった。ジャンプして叫んだり、抱き合って喜ぶ者の姿も見られる。演壇ではチハルがVサインを突き出し、隣で耕太がDVDプレーヤーを掲げている。ターボババアがまた甲高い声を上げ、猫レンジも指笛を吹いた。唖然として見守る光治の胸にも、強い衝動がこみ上げてきた。堪《こら》えきれず、握った拳がじりじりと上がる。ふと視線に気づき、振り向くとミミズバーガーが見ていた。慌てて目をそらし、握ったままの拳をジャンパーのポケットに突っ込む。にやりと、いかにも愉快そうに笑うミミズバーガーの顔が視界の端に映った。

「すみません。チキンナゲットに、マスタードソースがついてないんですけど」

光治が声をかけると、カウンターの中の男は鉄板に油を引く手を止めた。

「えっ、そうでした? すみません。うっかりして」

慌てて、ステンレスのトレイからマスタードソースのカップを取った。童顔だが三十近いだろう。古着らしいトレーナーの上に胸当てのエプロンをつけている。ワンボックスカーを改造した屋台で、明るい青に塗装されたボディには海やヤシの木、フラガールなどトロピカルなイラストが描かれていた。

車の前に並べられたプラスチックの椅子に腰掛け、広場を眺めながら食事をした。薄曇りで冷え込むが人通りは多く、ビラ配りやキャッチセールスの姿も見える。フェンス際では若者のグループやカップルが座り込んでコンビニ弁当を食べたり、川面を眺めながらテイクアウトのコーヒーを飲んだりしている。その前をスーツ姿の若い男や買い物帰りの中年女、親子連れ、犬を連れた老人などが歩いていく。隅のスペースではカラフルなボールを頭上に投げ、ジャグリングを披露する外国人の男もいる。いつもの広場の光景だ。それを確認し、光治はなぜかほっとした気持ちになった。

配達で近くに来たので、つい寄ってしまった。騒動から二カ月。用心のために近づかないようにしていたが、広場のことは度々《たびたび》、耕太やチハルの言葉と一緒に思い出していた。

あの日の出来事は新聞やニュースに取り上げられ、あっという間に日本中に知れ渡った。小野寺は疑惑のすべてを否定し急病を理由に病院に立て籠もっているが、セクハラの被害者たちは次々と名乗りを上げている。悪行が暴かれる日もそう遠くはないはずだ。ビブレ前広場アートミュージアム計画は中止となり、シンボル像はカラーコーンとともども撤去された。

「あれ、隼人さん一人？　また友美さんを怒らせて逃げられたの」

カウンターの前に若い男が立った。オーバーサイズのジーンズにパーカ。坊主頭で派手なサングラスをかけ、小鼻にピアスをしている。

「違うよ。ちょっと旅行に行ってるんだ。そう、リフレッシュ休暇ってやつ」

「リフレッシュ休暇ねえ。まあ、そういうことにしといてやるよ。俺、いつものやつ」

「ハワイアンバーガーにオニオンリングフライ、コーヒーのSね。了解。ちょっと待って」

「フライにケチャップをつけ忘れないでよ。そう言えば隼人さん、パニッシャーの噂を知ってる？」

ぎくりとして、光治の手からチキンナゲットがマスタードのカップに落ちた。

「噂って？」

「パニッシャーの正体は山手の洋館に住む大金持ちのじいさんで、手下を使って気に入らないやつを懲らしめてたんだって。でも、最近じいさんが死んじゃって、パニッシャーもおしまい。だからこの間の小野寺の事件以来、被害者は出てないだろ？」

「なるほどね」

隼人というらしい男は生返事をし、光治もほっと息をついた。

耕太たちとは、あの日以来会っていない。別れ際、耕太は「映像関係の専門学校に通って、就職に再挑戦してみる」と話していた。ミミズバーガーたちの近況は不明だが、先日アクセスしてみるとパニッシャー事件検証サイトは閉鎖されていた。

街で警官やパトカーを見るとビクついてしまうし、少しでも風貌を変えようと髪を伸ばしてもいる。しかし今のところ犯行がバレる気配はなく、ミミズバーガーたちと出会う前の穏やかで納得ずくの日々を送っている。もう二度と、たとえ誰に何を言われようが脇道にそれたりしない。そう思う反面、ここに来るとあの日突き上げかけてやめた拳と一緒にポケットに押し込んだ衝動が、いまだにくすぶり続けているのを感じる。

ごちゃごちゃのがちゃがちゃ。なんでもありで誰でもカモン。ただし、何が出るかはあんた次第。なるほど、確かにここはそういう場所だ。

屋台に若い女の二人連れが近づいてきた。広場の隣のスニーカーショップの店員らしく、店名がプリントされたナイロンジャンパーを着ている。

「ねえねえテルくん、知ってる？　最近また、ヤバいやつが現れたらしいよ」

一人が坊主頭の男に話しかけた。茶髪ロングの髪をアップに結い、ヘアクリップで留めている。

「何それ」

「成金マダムが買い集めた宝石とか、大企業の社長室に飾られた名画とかを忍び込んで盗んでいくんだって。しかも、現場には毎回違う香水の残り香が漂ってるって。あ、隼人さん、あたしマヒマヒとアボカドのサンドイッチと、カフェラテね」

カウンターを振り向きもせずに、もう一人が注文した。黒髪のおかっぱで、厚みを持たせた前髪を赤くカラーリングしている。

「マジで？　女怪盗？　めちゃくちゃカッコいいじゃん」

「でしょ？　通称・バンデット《盗賊》P。Pはパヒューム、つまり香水のPね。最近追跡サイトができて、そこの管理人が名づけたんだって。すごく詳しく調べてて、『バンデットPは自分たちが捕まえる』って宣言したらしいよ」

光治の胸がどきりと鳴った。ひょっとしてその管理人って……。

「すげえな。その話、もっと詳しく聞かせてよ」

「あのね、最初の犯行は先月、中華街の高級レストランで——」

テルに促され、女は調子よく喋り始めた。光治はナゲットがマスタードの中に沈み、カップのコーヒーが冷めるのも構わず、女の話に耳をそばだてた。

メジャーな街のマイナーなやつら

東京生まれ、埼玉育ちの私にとって横浜のある神奈川県は、長らく「羨ましい県」「ずるいじゃんの県」だった。同じように東京に隣接し、田舎度もヤンキー棲息度も似たようなものなのに、なぜかエキゾチックでおしゃれなイメージをキープ。「住みたい街」「好きな街」のランキングにも入っていたりする。

これもひとえに湘南、箱根、そして横浜の存在によるものだと思う。ゆえに私も子どもの頃から現在に至るまで両親に、「都内に手が出ないのはわかる。でも、同じ郊外ならなんで神奈川にマイホームを建ててくれなかったのか。もちろん、山下町やら茅ヶ崎などと贅沢は言わない。横浜や湘南でも、はずれの方でいい。それだけで『ダサイタマ』だの、『グンタマチバラギ』だのとバカにされずにすんだのに」などとそれこそ田舎者丸出しでグチり、呆れられている。

しかし作家デビュー前、フリーランスのライターをしていた時に驚くべき事実を知った。横浜市戸塚区出身の知人が、同じ横浜の港北区出身の別の知人に「田舎っぺ」的なからかわれ方をする現場に居合わせたのだ。作中にも登場させた「横浜ヒエラルヒー」というやつである。訳がわからず、戸塚区の知人に「中区と西区が別格なのはわかるとして、港北区∨戸塚区の根拠はなに？」と問うたところ、「さあ。（港北区は）東横線沿線だからじゃない？」と返され、ますます「？」となった。横浜ではないが、小田原の友人が大磯の人にからかわれるのも見たことがあり、解せなかった。小田原は湘南には含まれないということか？

しかし同時に、ほっとしもした。横浜にもエキゾチックでもおしゃれでもない場所があり、「なんだかなあ」と感じながら暮らしている人が相当数（多分）いる。そしてその時、いつかなにかの形で、これを書いてみたいと思った。

二〇〇七年に雑誌「GIALLO」での連載開始時にこのことを思い出し、担当編集者が横浜の大学出身だったこともあって盛り上がり、おしゃれスポット以外の横浜、横浜の裏面（B-side）について書こうと決まった。取材のためにビブレ前広場ほかには何度か足を運び、ビラ配りや美容師の卵の若者たちに声をかけ、あれこれ話を聞けたのもいい思い出だ。

『インディゴの夜』の渋谷、『ホテルパラダイス銀河』の上野のように、私の作品では舞台となる土地が登場人物やストーリーと同じぐらい重要な役割を果たす。今後も「メジャーな街のマイナーなやつら」「しょぼい村のゴージャスな連中」等々、舞台設定にひとひねり加えた物語を書き続けていければと思う。

最後にイラストレーターのワカマツカオリさん。文庫版「インディゴの夜」シリーズとはひと味違った、キュートでガーリーなカバーイラストに感激。松昭教さんにも、以前装丁をお願いした『チャンネルファンタズモ』以上にエッジの効いたカバーに仕上げていただいた。この場を借りて御礼申し上げたい。

二〇一一年八月

加藤実秋

二〇〇九年三月　光文社刊

光文社文庫

ヨコハマ B-side《ビーサイド》

著者　加《か》藤《とう》実《み》秋《あき》

2011年9月20日　初版1刷発行

発行者　駒井　稔
印刷　慶昌堂印刷
製本　榎本製本

発行所　株式会社 光文社
〒112-8011　東京都文京区音羽1-16-6
電話 (03)5395-8149　編集部
8113　書籍販売部
8125　業務部

落丁本・乱丁本は業務部にご連絡くだされば、お取替えいたします。
ISBN978-4-334-74994-1　Printed in Japan

組版　萩原印刷

お願い　光文社文庫をお読みになって、いかがでございましたか。「読後の感想」を編集部あてに、ぜひお送りください。

　このほか光文社文庫では、どんな本をお読みになりましたか。これから、どういう本をご希望ですか。

どの本も、誤植がないようつとめていますが、もしお気づきの点がございましたら、お教えください。ご職業、ご年齢などもお書きそえいただければ幸いです。当社の規定により本来の目的以外に使用せず、大切に扱わせていただきます。

光文社文庫編集部

不滅の名探偵、完全新訳で甦る！

新訳 アーサー・コナン・ドイル

シャーロック・ホームズ全集〈全9巻〉

THE COMPLETE SHERLOCK HOLMES
Sir Arthur Conan Doyle

シャーロック・ホームズの冒険

シャーロック・ホームズの回想

緋色の研究

シャーロック・ホームズの生還

四つの署名

シャーロック・ホームズ最後の挨拶

バスカヴィル家の犬

シャーロック・ホームズの事件簿

恐怖の谷

*

日暮雅通＝訳

光文社文庫